Jeune fille modèle

Grace Ly

Grace Ly est née en France. Ses parents, étudiants en médecine chinoise, installés au Cambodge, ont fui le pays pendant le génocide dans les années 70. Après des études de droit, Grace Ly part à Londres et devient avocate en 2010. Elle vit aujourd'hui à Paris. *Jeune fille modèle* est son premier roman.

GRACE LY

Jeune fille modèle

Ce livre ne serait pas ce qu'il est sans Faïza Guène.

© Librairie Arthème Fayard, 2018.
© Librairie Générale Française, 2019, pour la présente édition.

À Sunteary

TÊTE DE CREVETTE

Trente ans que ma mère vit à Paris et elle parle toujours français comme une vache espagnole. Pas étonnant qu'elle soit née sous ce signe astrologique, illustré dans le nouveau calendrier par un buffle aux cornes tordues tirant une brouette dans la rizière.

À cette période de l'année, on voyait rouge. Du rouge partout : des lanternes suspendues aux guirlandes lumineuses en passant par les danses du lion improvisées sur les trottoirs de l'Avenue de Choisy. Le quartier croulait sous les décorations kitsch.

Le rouge, c'est la couleur du bonheur pour les Chinois. C'est aussi la couleur de l'argent. Ma mère misait sur une affluence record le jour du défilé : le Nouvel An Lunaire séduit les aventureux en quête d'exotisme à portée de métro.

Elle avait ressorti les banderoles de calligraphie qu'elle accrochait tous les ans à la même date et un tas de bibelots censés porter chance.

Les commerçants du Treizième sont sensibles à l'appel de la fortune.

Ma mère prédisait une année de la Vache propice aux affaires. Dans le zodiaque, ce signe est réputé « constant, déterminé et doté d'une grande capacité de travail ».

Sans aucun doute, ma mère croyait à son horoscope. *Travailler*, ça, elle le faisait bien. Elle mettait même les bouchées doubles.

Menu wok crevette, poulet ou bœuf ? / Avec nouilles sautées ou riz blanc ? / Cocktail maison lychee. Cadeau bon client.

Ma mère radotait inlassablement les mêmes choses, fautes de français comprises. Passé, présent, futur, masculin, féminin ; tout s'emmêlait. Les mots sortaient bruts de traduction, dans le désordre, avec un accent à couper au couteau. Le modèle hachoir qu'on utilisait pour émincer l'ail et trancher les pattes de poulet.

Je lui en ai beaucoup voulu de s'acharner au restaurant, elle y passait tout son temps. S'agissant du *Bescherelle*, elle ne faisait pas preuve de la même volonté. Parfois, je croyais bon de la corriger, mais c'est elle qui finissait par me faire la leçon : « Une fille bien élevée ne corrige pas sa mère ! »

En vérité, à ses yeux, non seulement une fille bien élevée ne corrige pas le français de sa mère, mais elle devrait plutôt s'occuper de son chinois.

Comme si je pointais du doigt ses lacunes pour mieux occulter les miennes.

J'ai bien essayé d'être une bonne Chinoise. Mais le mandarin comporte quatre tons et, en cantonais, ça va jusqu'à neuf. D'une seule inflexion de la voix, le caractère « mère » peut se transformer en « cheval ». Nos dialogues étaient ponctués d'hésitations, de « euh » et de trous comme autant de nids-de-poule sur une route sinueuse.

J'ai préféré prendre un raccourci, je me suis mise à lui répondre en français.

« Aide à nettoyer les verres et les baguettes !
– Mais *Ama*…
– Ne réponds pas à ta mère ! »

Je levais les yeux et je soufflais.

Quand je rechignais à l'aider, elle me sermonnait à base de proverbes chinois sur le respect des aînés, qui parlent de phénix et de tiges de bambou qui plient sans casser. Ce restaurant, nous lui devions tout, sans lui, nous n'en serions pas là. Il nous avait tout donné, c'est ce qu'elle s'évertuait à répéter. À l'époque, je ne comprenais pas pour quelle raison je devais me montrer reconnaissante.

À moi, il ne m'avait rien donné du tout, ce restaurant, il m'avait tout pris : mes vacances, mes week-ends, mes soirées et toute l'attention de ma mère.

Extrême-Orient, c'est son nom. L'enseigne lumineuse juste en dessous précise : *restaurant chinois,* alors qu'on y sert aussi des nems vietnamiens, des samoussas indiens, du jus de coco martiniquais… et des glaces « *Mystère* », au cœur de vanille meringué, enrobés de cacahuète pilée et d'un seul et unique mystère : on ne les trouve qu'au menu des restaurants chinois.

Le produit phare de l'*Extrême-Orient* était, sans conteste, l'indétrônable riz cantonais. On ne le présente plus, les clients en redemandent. Grand-Mère dit que le riz cantonais n'existe pas à Canton. Selon elle, c'est un plat *Made in France*. C'est vrai qu'avec des ingrédients comme les carrés de jambon *Herta* ou les petits pois de chez *Picard*, il y avait de quoi classer notre établissement dans la catégorie *bistrot traditionnel* des *Pages Jaunes*. Pareil pour le potage pékinois, qui n'a rien à voir avec Pékin, mais il fallait bien s'adapter.

À notre table, il n'y avait pas de riz cantonais et, à l'écart des clients, les crevettes étaient servies entières. Les décortiquer est un sport national. Grand-Mère les saisissait avec ses doigts et en aspirait toute la bisque. Ça faisait un drôle de bruit, comme l'air qui s'échappe d'un aspirateur sans sac. Elle aimait aussi asticoter et mâchouiller le cartilage des os du bouillon. Ça craquait dans sa bouche et me faisait grincer des dents.

Au fur et à mesure du repas, Grand-Mère empilait ses déchets à côté de son bol. À la fin, un monticule d'os bien propres et de réjections broyées à la force de la mâchoire trônait sur la table.

La routine du restaurant était toujours la même.

Le matin, Jérôme, le facteur du quartier, faisait une halte chez nous. Il venait déposer le courrier sur le comptoir, à côté du gros *Lucky Cat* dont la patte ne remuait plus depuis que ma mère avait enlevé les piles.

Jérôme prétendait aimer le contact avec les gens, mais ce qu'il appréciait surtout, c'était le café servi avec deux sucres et deux carrés de nougat au sésame. Il se sentait tellement à l'aise qu'il était à deux doigts de demander un massage aux pierres chaudes pour une évasion totale. *Évasion totale*, c'était d'ailleurs le nom du circuit *all inclusive* pour lequel il avait opté l'été dernier, en Thaïlande.

J'imaginais le facteur de l'Avenue de Choisy étalé de tout son long sur un transat, les doigts de pied en éventail, sirotant à la paille un cocktail de bienvenue, et vêtu d'un de ces pantalons traditionnels « éléphants », sorte de bas de pyjama décliné dans tous les coloris qui fascine tant les touristes.

Pendant que Jérôme buvait son café au comptoir, ma mère opinait du chef, feignant de l'écouter :

« Vraiment, vous, les Asiatiques, vous êtes un peuple tellement paisible, tellement pacifique… Il est excellent ce café, Madame Chan ! C'est quoi ? Du café de chez vous ? »

Elle lui faisait un sourire sans montrer les dents. Un genre de « *non-sourire* ».

« C'est *Maxwell Qualité Filtre.* »

À peine notre facteur *voyageur du monde* reparti, elle s'était mise à marmonner :

« Il me fait perdre un temps fou !

– *Ama*, t'as qu'à lui dire que t'es débordée au lieu de faire l'hypocrite.

– Non, je ne peux pas lui dire qu'il dérange, ce ne serait pas correct.

– C'est pas en lui offrant un café qu'il va comprendre ! »

Parfois, après le départ de Jérôme, son regard se perdait dans le vague. Peut-être qu'elle se plaisait à rêver un peu ? Pourquoi n'aurait-elle pas droit, elle aussi, à une part de turquoise des plages de Phuket ? Elle m'avait dit un jour d'un air songeur : « Nous aussi partir vacances, un jour, quand nous avoir argent. »

Et elle ajoutait : « *Mou sam gap* 冇心急 », ce qui signifie : « ne pas presser cœur ».

Si ma mère avait moins pressé son cœur à travailler, elle aurait peut-être passé plus de temps allongée sur un transat que sur un lit d'hôpital.

BANANE FLAMBÉE

Ma mère m'avait inscrite dans un groupe scolaire privé avec des classes bilingues peuplées de gosses de riches et de diplomates étrangers. En mettant la barre haut, elle espérait forcer la main de l'ascenseur social.

Elle avait dû faire une tontine pour payer les frais de scolarité. J'avais essayé d'en comprendre le fonctionnement, mais ces histoires d'intérêts à taux usuraire me donnaient la migraine. La tontine est le prêt à la consommation le plus répandu à Chinatown, sauf que, à la place du bonhomme vert, c'est un Oncle ou une Tante à l'air grave qui passe tous les mois récupérer une enveloppe. Une liasse de billets qui ne laisse aucune trace, pas de chèques ou de *Tickets-Restaurant*.

Tant que je travaillais dur sans me faire remarquer, ma mère ne s'était inquiétée de rien. Elle ignorait tout de la malédiction du vilain petit canard de la cour de récréation.

L'important à ses yeux était qu'un jour prochain un diplôme me transformerait en cygne majestueux.

Pendant des semaines, au Lycée International, on nous avait bassiné avec notre orientation. Des posters avaient été placardés sur les murs des salles de classe. On pouvait y lire « CHOISIR son orientation ». *Choisir ?* Quelqu'un l'avait déjà fait à ma place. Pour ma mère, c'était : avocat, docteur ou ingénieur, c'est tout.

Je n'ai pas fait tout ça pour que tu trimes dans la vie comme moi.

Sur l'affiche, un représentant de chaque corps de métier souriait, dans son uniforme manifestement jamais porté. Ça me faisait penser à la pochette de « *YMCA* » des *Village People*. Un chef indien, un policier, un ouvrier de chantier, un infirmier militaire, un motard et un cow-boy. Ils avaient l'air de bien s'amuser. Je l'avais repérée dans la collection de CD piratés d'Oncle Deux.

Mon préféré, c'est l'infirmier militaire. Ça doit être quelqu'un de bien.

Je l'appelle Oncle Deux parce que, dans la fratrie, il arrive en deuxième position, après ma mère. Jacques, c'est pour l'état civil. Les prénoms, c'est « un truc de Français ». *Dac*, c'est pour ceux qui montent dans son taxi, à qui il dit : *Bondour, De m'appelle Dac* et *On va où audourdui ?*.

Oncle Deux est le meilleur client du vendeur à la sauvette de l'Avenue de Choisy. « Quatre achetés, cinquième offert » et « petits gratuits par ici ». Il a toujours l'impression de faire l'affaire du siècle.

Comme un buffet à volonté, ces CD exposés sur une natte à pique-nique à même le trottoir le rendent boulimique. Il n'en a jamais assez de ces rondelles aux titres illisibles, glissées dans des pochettes souples avec une photocopie décadrée de la jaquette d'origine.

Oncle Deux a des cartons pleins à ras bord de navets de Bollywood, de films de John Woo ou de Tsui Hark. Et ça ne le décourage pas que l'image tremblote, ni que le projectionniste tousse. Il a aussi un catalogue de hits cantonais qu'il diffuse dans son taxi. Son chanteur préféré a toujours été Jacky Cheung, le Johnny Hallyday de Hong Kong. Tout comme lui, il remplit des stades et a sorti tellement de disques qu'il serait incapable de tous les citer.

À ne pas confondre avec Jackie Chan, le modèle plus souple qui lève la jambe très haut.

Tata Meng, la femme d'Oncle Deux, râle à chaque nouvelle acquisition. Elle lui braille des reproches qui n'en finissent pas. De sa voix grave, elle s'époumone sur le même ton que lorsqu'elle vend ses canards laqués à la criée, et le grain de beauté au coin de sa lèvre remue comme s'il essayait de se faire la malle.

Fébrilement, Oncle Deux se justifie : « C'est pas pour moi ! C'est pour le travail ! »

En les voyant se disputer, je ne comprenais même pas comment ils avaient pu se mettre ensemble, ces deux-là. Ils ne sont jamais d'accord sur rien.

Quand Oncle Deux me baladait dans sa *Mercedes* d'occasion, il était branché sur *Rires et Chansons* et ricanait en écoutant les sketchs de Michel Leeb imitant l'accent asiatique.

Je n'étais pas aussi bon public :
« Elle est où, la blague ?
— Il parle de nous ! Il parle des Chinois !
— Si c'est pour se moquer, ça sert à rien qu'il parle de nous... »

À cette époque-là, le rire d'Oncle Deux m'était sans doute plus pénible à entendre que Michel Leeb singeant un accent dans une pluie de ricanements et d'applaudissements complices.

Ces rires moqueurs, contre lesquels on n'essaie même pas de se battre, ne m'étaient en réalité pas inconnus.

Lors de ma première rentrée scolaire, Monsieur Ristretto, le principal du Lycée International, les yeux rivés sur la feuille d'appel, avait hésité avant de bégayer :

« Chan... Chan... comment ça se prononce... ? »

En levant la tête, il avait découvert mon visage et s'était alors esclaffé :

« ... Ah d'accord ! Ça se prononce comme l'ami Jackie ! »

Le fameux qui lève la jambe très haut.

Tous les regards s'étaient tournés vers moi. Mes camarades gloussaient comme les spectateurs de Michel Leeb. Ils riaient d'une manière insouciante, comme si leurs rires étaient sans conséquence, comme s'ils n'en étaient pas responsables.

J'avais esquissé un *non-sourire*, un sourire sans montrer les dents. Comme celui de ma mère.

Plus tard, Monsieur Ristretto m'avait prise à part pour me dire que c'était « pour rire » et qu'il espérait que je ne l'avais pas « mal pris ». Il m'a confié que, lui aussi, dans sa jeunesse, avait été chahuté et qu'on écorchait constamment son nom. On l'appelait même « *le Rital* ». Il m'a donné une petite tape amicale dans le dos et m'a soufflé : « Ce qui ne nous tue pas nous rend plus fort. »

Cette humiliation ne m'avait pas rendue plus forte, au contraire.

« *Ama*, c'est terminé, je veux plus aller à cette école ! »

Elle n'avait même pas cherché à en savoir davantage.

« Ingrate ! Tu ne te rends pas compte de la chance que tu as ! »

Ma mère, qui d'ordinaire gardait son sang-froid en toute circonstance, était entrée dans une colère noire. Me plaindre était la seule chose qui pouvait la faire sortir de ses gonds.

« Quand je pense à tout ce que j'ai sacrifié pour toi ! »

La vérité est que j'étais loin de m'en douter. Je n'en avais même aucune idée.

« Malgré tous mes efforts, tu ne resteras qu'une *banane* ! »

Les gens comme *Ama* appellent « bananes » les gamins comme moi, qui confondent les tons de « mère » et « cheval » en chinois. Jaunes dehors et blancs dedans, ils sont nés ici dans des familles qui vivent comme si elles n'avaient pas quitté l'Asie.

Aux yeux de ma mère, j'étais même pire qu'une banane. J'étais un beignet de banane flambé, comme sur la carte des desserts. Je possédais la panoplie intégrale, avec le gras qui dégouline et la liqueur de rose qui saoule, celle que les clients boivent dans les petits verres avec une fille nue au fond.

FLEUR DE LOTUS

Si on m'avait demandé mon avis, j'aurais opté pour un prénom plus commode. Marie, Isabelle, Sophie, qu'importe. Mais pas *Chi Chi*. Je n'ai pas été épargnée. J'ai eu droit aux fritures de la Foire du Trône, aux personnages de *Dragonball Z* et à des tas de créations inédites : « *Chi-chinoise/ Chichiteuse / Sushi-shi.* »

À la maison, ma mère ne m'appelait pas par mon prénom, mais par ma fonction dans la famille : *neoi* 女, la fille. Comme dans un *Jeu des 7 Familles* : « Dans la famille Chan, je demande… »

Ma mère aimait bien doubler les syllabes, elle m'appelait *neoi neoi* 女女. Officiellement, elle avait choisi de me prénommer Chi Chi, deux idéogrammes supposés m'insuffler force et audace dans mes ambitions.

Grand-Mère a été la première à constater qu'il y avait beaucoup trop d'eau dans mon tempérament. Quand les cinq éléments sont en déséquilibre, ça rend le destin très incertain.

« L'eau éparpille l'énergie et dilue la volonté ! » disait Grand-Mère qui comparait souvent ma tête à une jonque naviguant au gré des vents, allant dans un sens, puis dans l'autre. Elle se montrait dure avec moi pour que je donne une direction à ma vie.

Dans son dos, on surnommait « l'impératrice » ce petit bout de femme à l'œil vif, au verbe rare, qui avait élevé d'une main de fer ses cinq enfants. Quand elle ouvrait la bouche, ce n'était jamais pour nous raconter de belles histoires, mais pour aboyer des ordres ou faire couper des têtes.

J'avais du mal à m'imaginer Grand-Mère autrement que vieille et aigrie. À croire qu'elle était née comme ça. Chaque fois que je tentais de lui poser une question, elle répondait systématiquement :

« Un enfant ne pose pas de questions. »

Sous son œil intraitable, j'ai appris à plier les serviettes en tissu de l'*Extrême-Orient* en forme de fleur de lotus qu'on dresse sur les assiettes en guise de décoration. Si je me trompais, le manche de sa spatule en bois s'abattait sur mes doigts, jusqu'à ce que le bouton à peine éclos devienne présentable.

Mais ce n'était jamais assez bien.

« On n'a pas idée d'être aussi empotée ! »

Ma mère observait la scène sans jamais intervenir, elle n'aurait pas pris le risque de contredire

Grand-Mère. Au lieu de ça, à son insu, elle amidonnait généreusement les serviettes au lavage, ce qui aidait mes fleurs de lotus à se déployer.

C'est la fleur préférée de Grand-Mère. Pure et docile, la fleur de lotus pousse naturellement sans réclamer d'entretien particulier.

Grand-Mère aurait voulu que je sois à l'image d'une fleur de lotus.

Quand Grand-Mère allait à la pagode prier les divinités, elle leur apportait des racines de lotus confites en offrande et leur demandait de veiller sur le chiffre d'affaires de l'*Extrême-Orient*, notre restaurant-providence.

Et aussi, de mettre du plomb dans la tête de sa petite-fille dispersée.

THÉ AUX CHRYSANTHÈMES

Le centre culturel taïwanais était situé rue Dunois, dans un local souterrain qui sentait la chaussette et dont le sol était entièrement carrelé de blanc, comme dans un bloc opératoire.

Les intérieurs des Chinois que je connais sont tous carrelés de blanc. C'est le nec plus ultra en déco d'intérieur dans le Treizième.

Dans la maison de Tata Meng et Oncle Deux, des carrés vingt par vingt, en grès cérame blanc brillant, premier prix de *Castorama*, sont alignés dès l'entrée. Tata Meng en est très satisfaite, car il lui suffit d'entretenir son sol à l'eau de Javel.

Ceux qui ne peuvent pas se permettre le carrelage font dans le lino. De loin, on n'y voit que du feu, à part que ça gondole dans les coins quand les murs ne sont pas droits. Je détestais sentir l'odeur corrosive d'eau de Javel, absorbée par le linoléum, pénétrant mes narines à l'heure où je me couchais sur mon matelas.

La rue Dunois est un peu excentrée du triangle Tolbiac-Ivry-Choisy, mais l'accent de Taïwan, plus chic et authentique, était irrésistible en ce temps-là. C'était l'époque où l'île achetait des frégates, où l'on parlait du triomphe économique du *Made in Taïwan* sous la forme d'écrans plats, de *Walkmans* et de mugs en verre incassable.

Depuis le centre culturel taïwanais, on pouvait percevoir le ton mélodieux de la résistance démocratique. Il y avait de la fierté dans le cri du premier dragon se dressant contre la dictature du continent, exhibant sa chaîne de montagnes verdoyantes gorgées de jade et de caractères traditionnels.

Quand sonnait l'heure du cours, la prof de chinois, Wu Lao Shi, débarquait avec son grand mug avant-gardiste à la main. Elle ne jurait que par le thé aux chrysanthèmes. Depuis le dernier rang, je pouvais voir les boutons de fleurs tournicoter dans l'eau frissonnante.

Dans l'esprit de ceux qui n'ont affaire aux chrysanthèmes qu'à la Toussaint, chez les fleuristes qui bordent les cimetières, ils ont une connotation morbide. Mais pour Wu Lao Shi qui les adorait sous toutes leurs formes, ces fleurs d'automne, célébrées dans des poèmes de philosophes de la dynastie Qing, étaient synonymes de santé oculaire.

Le mug que Wu Lao Shi avait rapporté d'un déplacement sur l'île était pourvu d'un couvercle étanche et d'un filtre intégré afin que les pétales infusés ne lui restent pas collés entre les dents.

C'était ça, le miracle taïwanais.

Les élèves pouvaient allègrement contempler les dents blanches de Wu Lao Shi tandis qu'elle articulait des phrases en mandarin qui n'auraient trouvé aucun sens dans une conversation contemporaine.

Allez-vous à la course de bateaux-dragon ? / Calculons avec le boulier / Trempez dans l'encre de Chine votre pinceau de calligraphie.

Avec mes copines Kim-Ay et Asoy, on ne pouvait s'empêcher de pouffer.

Asoy n'est pas le nom qui figure sur ses papiers. Asoy signifie « petite sœur » en langue *teochew*, région de Chine d'où sont originaires ses parents. Parce qu'elle est venue au monde quelques minutes après sa jumelle, Asoy est désormais la « petite sœur » de tout le monde.

Wu Lao Shi s'était approchée de notre rang en levant un sourcil circonspect. Pour tromper son attention, on s'était mises à bouger nos lèvres au rythme de la récitation, tels des footballeurs simulant l'hymne national.

« Chut ! Les filles du fond ! Arrêtez de bavarder !

– Oui, Wu Lao Shi.

— Kim-Ay, Asoy, répétez après moi le vocabulaire de la leçon du jour !
— Oui, Wu Lao Shi. »

Wu Lao Shi voulait souvent faire répéter Kim-Ay et Asoy, qui détenaient la palme du pire accent. C'était à cause de leur langue maternelle, le *teochew*, qui affectionne les sons nasillards et fait sortir de la bouche le son « an » grimé en « ang ». Les Teochew sont les Toulousains de Chine.

En langue française, où les lettres muettes sont légion, on n'en ferait pas une affaire d'État. Le « riz », le « rat », le « rond ». On les comprend quand même, ces Toulousains. En revanche, en chinois, « an » ou « ang », ça peut changer la face du monde.

Petites, avec les jumelles, nous étions comme des triplées. Elles habitaient sur le même palier que nous. Le hall de l'immeuble était, en pratique, notre pièce en plus, où on alignait nos chaussures de ville avant d'entrer. Je passais tout mon temps libre avec Kim-Ay et Asoy. Après l'école, on aimait bien regarder *Cat's Eyes* sur La Cinq.

« *Cat's Eyes ! Signé, signé Cat's Eyes ! Ta dada ! Cat's Eyes.* »

Parfois, on jouait à la maîtresse d'école. Pour l'appel, nous prenions toutes les trois des prénoms bien français.

« Isabelle ?
— Présente !
— Marie ?
— Présente !
— Sophie ?
— C'est moi, je suis là ! »

Comme tous les enfants, on apprenait en observant et en imitant les adultes.

« Et si on jouait aux princesses, maintenant ?
— Oh oui ! La marâtre nous habillait de haillons et on devait faire les pires corvées dans son restaurant.
— Bonne idée ! On disait que notre père était mort, d'accord ? Comme le tien, Chi Chi. »

ATTITUDE MODÈLE

Dans la salle principale du centre culturel, il y avait une haute estrade en bois, bordée de rideaux vermillon, sur laquelle des élèves disciplinés rendaient hommage à la culture taïwanaise.

En préparation de la plus grande fête de l'année, la Fête du Printemps, nous avions fabriqué des centaines de lanternes en papier coloré. Les lanternes de Kim-Ay étaient parfaitement géométriques, celles d'Asoy prenaient des airs féériques, quand les miennes demeuraient tragiquement tordues. Mes lanternes étaient pliées aussi maladroitement que mes fleurs de lotus. Alors j'avais fini par tout envoyer valser. « Empotée un jour, empotée toujours… » Wu Lao Shi se voulait encourageante : « Patience et volonté, Chi Chi. »

Suspendues au-dessus de la scène, nos sculptures de papier venaient compléter le folklore habituel : chorale de comptines chinoises, tournois de ping-pong et de go, entraînement de danse du lion et chorégraphie pour les filles.

« Incarnez la queue du dragon qui s'éveille. Agitez avec délicatesse vos éventails. Courez à petits pas dans vos chaussons de velours. PETITS pas, j'ai dit ! Effleurez le sol avec légèreté. LÉGER ! Comme si vous aviez les pieds bandés ! »

Kim-Ay et Asoy avaient eu le droit d'emmener leur serin des Canaries à la Fête du Printemps. Elles exhibaient fièrement sa cage dorée, devant laquelle des mémés et des pépés chinois s'arrêtaient pour admirer l'oiseau au plumage jaune vif qui n'arrêtait pas de piailler de stress.

J'avais maintes fois réclamé à ma mère un animal de compagnie. J'avais même lu dans un livre à la bibliothèque que ça favorisait « le sens des responsabilités chez l'enfant ». Mais ma mère m'avait répondu : « Quelle compagnie ? J'ai déjà assez de mal à nourrir les humains comme ça, si tu veux des responsabilités, tu n'as qu'à m'aider davantage au restaurant. »

D'ailleurs, ma mère s'était portée volontaire pour s'occuper du buffet de la Fête du Printemps.

Ce qui revenait, de fait, à me confier le service.

J'avais déchargé les grands plats en inox du coffre du taxi d'Oncle Deux en ronchonnant. Il fallait faire vite, car son véhicule était arrêté en warnings sur la voie unique de la rue Dunois. Les conducteurs derrière lui s'impatientaient à coups de klaxon. Oncle Deux leur faisait des courbettes : « Excusez-nous ! On n'en a pas pour longtemps ! » avant de se tourner vers moi, sourcils froncés : « Allez, on se dépêche ! Tu vois bien qu'on gêne, là ! »

Sur sa peau, son eau de Cologne bon marché se mélangeait à sa sueur sous sa chemisette blanche à l'étoffe si usée qu'on voyait son marcel par transparence. Dans la précipitation, les tongs qu'il portait été comme hiver claquaient tous azimuts sur le trottoir.

J'étais d'humeur moins arrangeante qu'Oncle Deux.

« Ils peuvent pas attendre deux minutes ?!
– Laisse tomber. C'est la vie, c'est comme ça ! »

« C'est la vie, c'est comme ça » est la devise d'Oncle Deux.

Mon oncle a un talent indéniable : celui de s'écraser comme personne. Même quand il sait que le client a tort, il préfère se ranger de son côté, par pure facilité.

« C'est pas plus rapide par Paris à cette heure ?
– Vous avez raison, monsieur ! Le périph doit être bouché de toute manière. »

Ne pas faire de vagues était, à ses yeux, la condition *sine qua non* pour s'en sortir dans la vie. Mon oncle ne tarissait pas d'éloges sur les enfants des autres, comme s'il espérait que cela puisse déteindre sur moi.

« Tu te rappelles de mon ami Hak ? Du restaurant *Muraille de Chine* de la rue Baudricourt ? Sa fille, tu te souviens de sa fille ? Elle a le même âge que toi !

— Non, j'vois pas.

— Elle est dans une très grande école de commerce !

— Mouais, et alors ?

— C'est ça qu'il faut que tu fasses, Chi Chi ! Pour trouver un bon travail et réussir à t'intégrer. »

Sur les tables du buffet de la Fête du Printemps, j'avais allumé les bougies chauffe-plats sous les bacs en inox et empilé les assiettes aux côtés des baguettes jetables. Ma mère, tel un croupier de blackjack, étalait des cartes de visite de l'*Extrême-Orient* en arc-en-ciel.

Corentin, seul élève sans origine asiatique connue, scrutait les étiquettes apposées sur les plats, en longeant la table du buffet, mains dans le dos.

« Si je peux me permettre, c'est pas vraiment des nouilles de Singapour, mais des *chao mi fen* 炒米粉 ! »

Dès qu'il le pouvait, Corentin pratiquait son mandarin « pour le plaisir ».

Ça forçait le respect des Tatas, dont les enfants venaient au cours de chinois à reculons. Il était assurément le seul à s'être inscrit de son plein gré.

Comme tous les convertis, Corentin était radical. Il connaissait ses leçons sur le bout des doigts et faisait sans qu'on lui demande les exercices de la section « pour aller plus loin ».

Une fois, Corentin m'avait posé la question qui me donne mal au crâne.

« Toi, t'es pas une vraie Chinoise de Chine. Tu viens d'où ?
— Du Treizième.
— Non, mais… Tu viens d'où, *vraiment* ?
— Bah, je suis née Boulevard de l'Hôpital.
— Non, mais… ta famille ? »

On m'avait souvent posé cette question. Si je disais la vérité, ça ne suffisait jamais. Les gens voulaient que je remonte le temps jusqu'aux visages inconnus dont les photos trônent au-dessus de l'autel aux ancêtres. Ils voulaient entendre des légendes peuplées de geishas, de Roi des Singes et d'empereurs cruels.

La mère de Corentin, Éliane, était venue à la Fête du Printemps déguisée en Chinoise : robe *qipao*, chapeau conique et mains jointes pour nous saluer comme si nous étions des bonzes. Je l'entendais expliquer aux Tatas combien elle adorait « notre » culture, surtout les « vapeurs » dans les paniers en bambou. Et les Tatas acquiesçaient d'un signe de tête, d'un air satisfait.

Je précise qu'aucune des Tatas n'était de ma famille. Mais je devais les appeler Tatas, politesse oblige.

Éliane m'avait complimentée au sujet de mon français « impeccable », gardant à cœur l'espoir qu'un jour son fils arrive à parler « ma langue » aussi bien que je parlais « la sienne ».

L'enthousiasme sans faille de Corentin pour cette culture qui lui était totalement étrangère m'agaçait au plus haut point. Parce que moi qui ai des liens manifestes avec elle, je ne lui arrivais pas à la cheville.

Corentin était résolument un meilleur Chinois que moi.

Devant le buffet, Oncle Deux était en grande discussion avec Éliane. Il m'a saisi le bras au passage.

« Chi Chi ! Qu'est-ce que c'est que ces histoires de bavardage en classe ?!

– Qui t'a dit ça, Tonton ?

– Si ta mère l'apprend, elle va encore se faire du souci ! *(S'adressant à Éliane.)* Sa mère l'a élevée seule, c'est pas facile tous les jours. Les jeunes d'aujourd'hui n'ont plus le respect des aînés.

– Mais, Tonton ?!

– Pas de "mais" ! Obéis, Chi Chi ! Il faut travailler dur et surtout ne pas se faire remarquer. »

Éliane acquiesçait. « Oui, c'est vrai, ça. Vous, on vous aime bien, ici. On ne vous entend jamais. Pas comme les autres, là… »

Oncle Deux en avait l'œil humide.

Si j'en croyais mon oncle, c'était une bonne chose d'être invisible, de le rester pour toujours.

J'ai pensé à la fois où Tata Meng s'était fait tirer son sac à l'arrachée. Toute la recette de la rôtisserie envolée, une recette de week-end, une grosse somme en liquide et une fortune en *Tickets-Restaurants*. Depuis, Tata Meng serre toujours très fort la sangle de son sac à main quand elle croise une bande de jeunes.

Elle avait voulu aller *porter plainte* au commissariat de police, mais Oncle Deux l'en avait dissuadée : « On va quand même pas aller se plaindre ?! »

INITIALES U.H.U.

J'avais remonté les escaliers quatre à quatre, poussé les portes vitrées du centre culturel et m'étais cachée au coin de la papeterie.

J'avais dans ma poche un vieux paquet de *Marlboro* souple qu'un client avait oublié au restaurant quelques jours plus tôt. Il restait deux cigarettes et un briquet *Bic* orange transparent. En débarrassant, je l'avais planqué sous les assiettes en mélaminé.

J'ai allumé une clope, encore aplatie et tachée de gras, en jetant des regards furtifs dans tous les sens.

La première fois, j'avais trouvé ça dégoûtant. J'en avais presque vomi.

Dans mon empressement à braver l'interdit, je n'avais pas vu que le briquet était réglé au maximum. Après avoir fait rouler la molette et libéré le gaz, une flamme énorme avait jailli brusquement, s'éteignant aussitôt. Une odeur de poulet grillé avait envahi l'atmosphère. J'avais eu du mal à cligner de l'œil. Mes cils étaient un peu collés.

Mes cils, que je trouvais déjà trop courts et trop droits. Mes cils, que je passais un temps fou à essayer de redresser avec cet instrument de torture qu'on appelle gaiement *recourbe-cils*.

J'avais entendu Oncle Deux dire des dizaines de fois : « Fumer, ce n'est pas pour les filles convenables. » Je savais qu'il faisait allusion à Tante Brigitte, qui, à chaque fois qu'elle s'en grillait une à la fin des repas de famille, avec sa tasse de café à la main, subissait les mêmes regards réprobateurs.

Il me disait, s'assurant qu'elle l'entende : « Si je t'attrape avec ça, Chi Chi, je t'en colle une ! »

Moi, Tante Brigitte, je la trouvais belle avec sa cigarette. J'admirais ses lèvres charnues se poser sur le filtre couleur ocre, puis s'entrouvrir pour laisser s'échapper les volutes de fumée. Sa posture, qu'elle avait calquée sur les actrices sulfureuses qu'elle idolâtrait, la rendait gracieuse.

Tante Brigitte demeurait insouciante face aux sous-entendus ou aux mains qui s'agitaient autour d'elle pour dissiper la fumée qu'elle soufflait non sans provocation.

Grand-Mère pestait contre les mauvaises habitudes de sa fille empruntées à des films français dont la charge érotique lui était insupportable. La moindre occasion lui servait à dégainer un reproche : « Pourquoi acheter des crèmes anti-rides aussi chères, si c'est pour s'abîmer la peau avec le tabac ? »

Après ça, Grand-Mère soupirait et s'en retournait à ses affaires. Depuis longtemps, elle s'était résignée ; Brigitte était une cause perdue. D'ailleurs, Brigitte ne s'appelait même pas Brigitte.

Sa fille avait renié jusqu'au prénom qu'elle lui avait donné en se rebaptisant comme cette actrice qui se donnait en spectacle dans des films où elle dansait à moitié nue devant des hommes en rut. Grand-Mère était la seule à continuer à l'appeler *Mei Faa*.

Il y avait en effet des posters de Bardot partout dans le salon de coiffure que tenait Tante Brigitte. Elle avait choisi d'accrocher des affiches de films et des photos de l'époque où elle était encore la pin-up que le monde enviait à la France.

La Brigitte d'avant, celle du Festival de Cannes. Pas celle d'aujourd'hui, pas celle qui embrasse des chiens sur la bouche et des idées non moins dégueulasses.

Ce symbole sur papier glacé représentait pour Tante Brigitte la femme idéale.

J'aimais bien tailler le bout de gras avec Tante Brigitte quand j'allais au salon pour me faire rafraîchir les pointes. Toutes les deux face au miroir, sous les yeux de son idole.

« Elle est trop belle.

– C'était une reine, les hommes se traînaient à ses pieds !

– J'aimerais trop lui ressembler.

– A qui le dis-tu ? J'ai fait le vœu de me réincarner en B.B. après ma mort. Prie les ancêtres pour moi, mon ange, d'accord ?

– Moi, je voudrais me réincarner maintenant, dans cette vie. Je veux devenir quelqu'un d'autre. N'importe qui d'autre que moi...

– Il y a quelque chose qui ne va pas, Chi Chi ?

– ... C'est rien...

– Tu peux tout dire à Tata, tu sais...

– Tu me trouves moche ?

– Mon Dieu ?! Qu'est-ce que tu racontes-là ? Écoute-moi bien, mon ange, tu es sublime ! Fais confiance à Tata...

– Alors, pourquoi j'ai pas de petit copain ? Pourquoi personne veut sortir avec moi ?

– Bah ! Tu es jeune, tu as tout le temps devant toi, tu verras, ça t'arrivera aussi...

– Et toi, pourquoi t'es pas mariée ?

– Moi ? Mais moi... c'est différent...

– Comment ça ?

– *Je n'ai besoin de personne en Harley-Davidson* (*en montrant le poster*). C'est pas moi qui le dis, mais la patronne ! Attends, je reviens, je vais voir où en est la permanente de Madame Lu. »

Appuyée contre la porte grillagée de la papeterie, j'ai tiré sur ma cigarette graisseuse jusqu'au filtre et senti la bille incandescente s'approcher de la commissure de mes lèvres.

Un jour, peut-être que la corne autour de mes phalanges s'épaissirait, que la peau jaunirait, striée de plis comme sur une empreinte digitale. Bientôt, j'aurais des tubes de colle U.H.U. à la place des doigts.

Je ne ressemblerais jamais à un poster de B.B.

Je ne suis pas la femme idéale, je n'ai pas le physique type de celles qu'on adule.

Tant pis. Je me contenterai de mes initiales U.H.U.

QUAND C'EST LA PREMIÈRE FOIS

Le professeur n'en revenait pas de mes mauvaises notes en mathématiques : « Je pensais que vous auriez des facilités dans cette matière… »

Des facilités dans cette matière ?

Que voulait-il dire par là ? Que s'il y avait eu d'autres disciplines comme *faire tourner des assiettes sur des baguettes*, ou *ping-pong les pieds bandés*, il attendrait de moi l'excellence ?

C'est à partir de ce moment que je me suis mise à sécher les cours pour aller au café du coin. Il y avait des flippers et les garçons portaient des *Perfecto* et des *Levi's 501*, comme dans les sitcoms d'*AB Productions*.

Parmi eux, il y en avait un qui se distinguait. Ses cheveux étaient plus blonds que ceux des autres, ses mèches encore plus souples et ses dents nettement mieux alignées. J'avais envie de caresser sa chevelure.

Mais, même si j'avais osé, même en tendant les bras debout sur un tabouret, il n'était pas certain que j'arrive à l'atteindre. Ce n'était pas qu'une question de taille : il était trop haut pour moi.

Et puis, il y avait déjà tellement de filles autour de lui... Ces filles qui ressemblaient aux vedettes de la sitcom *Premiers Baisers,* alors que moi, je ne pouvais même pas espérer passer le casting en figuration.

« Mèche souple » était un garçon populaire. Il avait des parents absents mais riches, il organisait des fêtes légendaires auxquelles je n'étais évidemment pas invitée et se promenait toujours avec une belle fille à son bras. J'avais fini par le surnommer Dylan McKay pour sa ressemblance avec le personnage de la série TV *Beverly Hills*.

Assise à une table à l'écart, j'étais aussi transparente que ma limonade. J'étais pourtant leur plus fidèle spectatrice, suivant leurs aventures par procuration. Personne ne m'avait jamais remarquée, jusqu'au jour où j'ai été au cœur d'un rebondissement inattendu.

Ce jour-là, Dylan était en pleine querelle amoureuse avec sa dernière conquête, qui était le sosie de la fille qui balance ses cheveux pleins de vitalité dans la pub *Ultra-Doux*.

Ultra-Doux avait jeté son sac à dos *Eastpak* à moitié vide à la figure de Dylan, qui avait exactement le même sac *Eastpak*. Il avait bien essayé de se démarquer en le customisant de logos brodés :

« *Peace and Love* », « *Rage Against The Machine* », et une feuille de cannabis.

Ils avaient tous un sac *Eastpak*, et tous se croyaient uniques.

De mon coin habituel, je n'avais rien manqué de la scène. Je tirais sur ma cigarette nerveusement, le suspense était à son comble.

Intérieur, jour. À la cafète.

Ultra-Doux *(d'un air sérieux)*

Dylan, faut qu'on parle.

Dylan *(agacé)*

Quoi encore, Ultra-Doux ? C'est pas le moment.

Ultra-Doux

Si tu préfères, j'appelle ta SECRÉTAIRE pour prendre rendez-vous ?

Dylan *(gêné)*

Ultra-Doux, calme-toi, on nous regarde.

Ultra-Doux *(faisant de grands gestes)*

J'hallucine ! J'en ai vraiment assez, Dylan ! Tu vas le regretter !

Je n'avais pas encore repris ma respiration que Dylan était sorti de l'écran pour se planter sous mon nez. Il s'était avachi sur une chaise face à moi et avait posé ses pieds sur celle d'à côté. J'avais failli en tomber à la renverse. C'est alors qu'il m'avait adressé la parole pour la première fois depuis le début de ma scolarité :

« Je peux t'en taxer une ?
— Euh… oui, oui. Bien sûr.
— Merci. Feu ?
— Euh…Voilà. »

Au loin, le regard furieux d'Ultra-Doux lançait des flammes dans ma direction tandis que Dylan me tapait la discute.

« T'es nouvelle au bahut ?
— Moi ? Oui, je suis nouvelle. »

Je ne voulais pas le contredire. Qu'il croie que je suis nouvelle ! Peu importe ! Maintenant qu'il savait que j'existais !

« Comment tu t'appelles ?
— Moi, euh… je m'appelle Chi Chi.
— On t'a déjà dit que tu ressemblais à Mulan ? »

Mulan était, pour moi, le pire des dessins animés. Elle se déguise en soldat, se bagarre dans un décor ravagé par la guerre, et la morale de l'histoire, c'est qu'il vaut mieux renoncer à la gloire pour rentrer dans son bled s'occuper de ses parents vieillissants. On aurait dit que ma mère était la conseillère technique du scénario de Disney.

Je n'ai jamais aimé Mulan, mais, dans la bouche de Dylan, ça sonnait comme un compliment. C'était mieux que rien. Je m'étais presque sentie flattée.

Depuis ce jour-là, j'exposais mon paquet de cigarettes ouvert sur ma table au café, tel un appel du pied. J'avais même commencé à prendre des pauses-clopes aux interclasses, comme si j'avais toujours fumé comme un pompier. Je me tenais non loin du petit banc en contrebas du bâtiment principal, où se retrouvaient Dylan, Ultra-Doux et leur bande de potes.

Malgré mes efforts pour en être, j'étais retournée très rapidement à mon anonymat.

QUI VOLE UN ŒUF

Je rêvais moi aussi d'un sac *Eastpak* pour me fondre dans le décor.

« Un sac à dos à ce prix-là ! Mais pour quoi faire ?

– *Ama*, tous les autres en ont un…

– C'est sûrement un *Made in China*…

– Non ! C'est marqué U.S.A. !

– Qu'est-ce qui ne va pas avec ton cartable ? C'est pareil. »

L'opportunité s'était présentée d'elle-même alors que j'errais dans les couloirs du Lycée à l'heure du déjeuner, pendant que mes camarades se ruaient sur les plateaux de la cantine. Scannant du regard quelques sacs délaissés çà et là au sol, j'avais jeté mon dévolu sur un modèle classique, noir, dépourvu de tout signe distinctif. Il était posé près de l'entrée des toilettes.

Tout autour, personne. La voie était libre. J'ai saisi le sac vigoureusement et me suis engouffrée dans les cabinets, fermant à clé derrière moi. Mon cœur cognait dans ma poitrine, risquant à tout moment de bondir hors de ma cage thoracique.

Le sac appartenait à une certaine Héloïse, Seconde C, c'était inscrit sur l'étiquette à l'intérieur. Je ne la connaissais pas. Je ne voulais surtout pas la connaître. Je n'avais pas envie d'imaginer son désarroi, quand, à la sonnerie, elle le chercherait partout, paniquée.

Dans la grande poubelle sous les lavabos, j'ai déposé sans bruit ses livres proprement recouverts, sa trousse, son paquet de mouchoirs *Kleenex Basalm*, sa carte de transport en évitant de regarder sa photo. J'ai feuilleté les pages toutes lisses de ses cahiers *Clairefontaine*.

J'aimais beaucoup les cahiers *Clairefontaine*. Seulement, lors des traditionnels achats de rentrée, ma mère me montrait avec insistance les cahiers premier prix. *C'est pareil.*

J'ai refermé doucement le couvercle de la poubelle, puis roulé en boule mon butin, que j'ai enseveli sous mes affaires, au fond de mon vieux cartable difforme, qui avait servi à tant d'autres avant moi, comme tout ce que je portais.

Sur la route du retour, j'étais consciente de pouvoir encore rebrousser chemin. J'entendais la voix de ma mère résonner : « *Qui vole un œuf, vole un bœuf !* »

J'ai bien pensé à regagner le bâtiment du Lycée, remettre dans le sac les cahiers d'Héloïse et le reposer là où je l'avais trouvé.

Mais, au lieu de ça, j'ai poussé la porte d'une papeterie et j'ai acheté du Tipp-Ex. Sur l'étiquette, j'ai noyé le nom d'« Héloïse » dans le blanc, à son tour d'être invisible.

Je fixais le logo *Eastpak U.S.A. Since 1952* qui trônait désormais à mes pieds.

RACINES

Dans la gamme *Color Intense*, j'avais choisi le *Platinum Blond 10.0*.

L'ammoniaque avait pour moi le parfum de la liberté. Je me délectais de cette fragrance tandis qu'Asoy m'appliquait, de la racine aux pointes, le produit miracle qui ferait de moi une nouvelle femme. Ses doigts fins se perdaient dans les larges gants en plastique de mauvaise qualité fournis avec la coloration. J'avais enfin eu le courage de passer à l'acte.

À l'entrée de la salle de bains, Kim-Ay faisait le guet.

« Vous êtes folles ! Je vous préviens ! J'ai rien à voir dans tout ça, moi !

– Oh ! Arrête de faire ta rabat-joie ! Pour une fois qu'on fait un truc marrant ! Et puis, Chi Chi, on n'a qu'à faire tes sourcils aussi !

– Et les poils du minou, tant qu'on y est ?

– Bah oui ! Faut assortir la moquette aux rideaux, là, tu seras une vraie blonde !

– Oh, vous êtes dégueu ! »

Nous étions à l'étape trois de l'opération. Il était indiqué : « *Laissez le produit agir quinze minutes.* » Pour être sûres du succès de ma métamorphose, nous avions cru bon de doubler le temps de pose.

Dès les premières secondes du rinçage, la tête à l'envers, sous le jet d'eau, penchée au-dessus de la baignoire, j'ai d'abord entendu Asoy pousser un petit cri, puis Kim-Ay, qui avait pour habitude de rester polie en toute circonstance : « Putain de bordel de MERDE ! »

Cagoulée et escortée par mes deux complices, je suis entrée aux *Ciseaux du Dragon*, le salon de Tante Brigitte, au cœur de la galerie marchande des Olympiades. Elle était ma dernière chance, mon seul espoir de me débarrasser de cet affreux orange diarrhée de vitamine C que j'avais sur la tête.

J'étais en larmes. Tante Brigitte s'est précipitée dans notre direction, à petits pas, sur ses talons de douze.

« Mon Dieu ! Qu'est-ce qui ne va pas ? »

Incapable d'aligner deux mots entre mes sanglots, j'ai ôté mon bonnet d'un geste lent, devant les mines navrées de Kim-Ay et Asoy, laissant apparaître à ma Tante l'ampleur de la catastrophe.

Tante Brigitte, qui est un peu dramaturge, a alors pris sa tête entre ses mains en criant : « Seigneur tout-puissant ! »

La rangée de Tatas qui se faisaient rôtir le scalp sous les casques chauffants s'était tournées simultanément vers nous, les yeux exorbités.

En grande professionnelle, Tante Brigitte m'a prise en charge immédiatement :

« T'en fais pas, Chi Chi, Tata va tout rattraper ! »

Ça a duré des heures. Kim-Ay et Asoy sont restées près de moi tout du long. Elles observaient ma Tante, fascinées par sa capacité à faire plusieurs choses à la fois. *Brizitte* s'occupait de ses clientes, écoutait leurs ragots et prodiguait ses conseils beauté : « Ne JAMAIS sortir avec les cheveux mouillés ! Sacrilège ! TOUJOURS les sécher tête en bas. »

En plus, Tante Brigitte fumait des cigarettes et se préparait des cafés *à la vietnamienne*, un mélange de café moulu et de lait concentré sucré. Avec tout ça, elle trouvait tout de même le temps de se remettre du rouge à lèvres. Je ne l'avais vue que rarement la bouche nue. Ce rouge sang était sa marque de fabrique.

Amusée, elle nous voyait l'épier par miroir interposé.

« Allez, fais pas cette tête, Chi Chi, ça va s'arranger… Fais confiance à Tata.

– Je suis obligée de garder l'aluminium sur ma tête ? Ça me gratte. C'est normal ?

– Oui, n'aie pas peur !

— T'es vraiment sûre ?
— De toute façon, ça ne peut pas être pire que quand tu es arrivée, mon ange... »

À côté de la caisse de Tante Brigitte, il y avait un présentoir en faïence avec des *Mon Chéri* disposés en pyramide. Ces chocolats creux emplis d'eau-de-vie, d'une griotte confite et enveloppés de papier rose m'intriguaient. Je m'étais souvent posé la question : « Ont-ils d'abord mis la cerise ou le chocolat ? » Kim-Ay et Asoy avaient croqué plusieurs *Mon Chéri* d'affilée. Après quoi, elles étaient totalement bourrées, leurs joues étaient en feu et elles gloussaient pour un oui ou un non.

L'une des Tatas, qui me détaillait depuis un moment, s'est adressée à moi en *teochew*, le dialecte toulousain de Chine, celui de Kim-Ay et Asoy. Elles m'ont fait la traduction, car moi, je n'y comprenais rien.

« Qui es-tu, jeune fille ? Tes deux parents sont chinois ? »

Les autres m'ont jeté des regards embarrassés et j'ai fixé mes pieds.

La vérité, c'est que je n'en savais rien. Je ne savais strictement rien au sujet de mon père.

Je n'avais jamais vu de photo. J'ignorais jusqu'à son nom.

À la seule évocation de ce fantôme du passé, ma mère se refermait comme une huître. Face à mes tentatives de dialogue, elle se murait dans le silence. Les rares fois où j'avais insisté, la poussant à bout, elle m'avait lâché : « Tu comprendras quand tu seras grande… »

Son visage en devenait chaque fois si triste que je n'osais plus en reparler. Je m'en voulais de lui avoir fait de la peine, je ravalais mes questions, je me taisais et me promettais de ne plus recommencer.

Mais cela ne durait qu'un temps. Je finissais par y revenir, malgré moi. Ça me poursuivait.

Ce jour-là, au salon de coiffure, j'ai senti le sol se dérober sous mes pieds. Tante Brigitte, gênée, est venue à ma rescousse et a pris le relais avec la Tata indiscrète.

« Tu ne la reconnais pas ? C'est Chi Chi, la fille de ma grande sœur !

– Ah ? Mais elle ne lui ressemble pas ! Elle est plus bronzée et, à cause de la forme de ses yeux, on dirait une Eurasienne. Ses yeux sont grands pour une Asiatique, elle est jolie, c'est bien ! »

J'observais, bouche bée, Tante Brigitte et cette Tata inconnue parler de moi comme si je n'étais pas là. Je me sentais bizarre, quelque part entre la flatterie et le malaise. Je ne compte plus le nombre de fois où les traits de mon visage avaient attisé la curiosité des gens. Je savais que les yeux ronds et le nez haut faisaient partie des attributs de beauté les plus plébiscités.

Titubant autour de nous, Asoy a rebondi :
« C'est vrai que t'as de grands yeux ! T'as de la chance ! Je tuerais pour avoir la double paupière comme toi ! »

Dans tous les dessins d'Asoy, qu'elle crayonnait en cachette pendant le cours de chinois, les personnages avaient des yeux démesurément grands, sublimés par des étincelles et bordés de longs cils épais, comme des forêts tout autour.

Kim-Ay était agacée d'entendre sa sœur dévaloriser ce que la nature leur avait offert.

« C'est quoi le problème avec nos yeux ? Pourquoi tu t'acceptes pas telle que tu es ?

— Si c'était beau, des yeux bridés, ça se saurait ! Rien que le mot *bridé*, c'est nul. Depuis notre naissance, on nous bride.

— N'importe quoi ! Qui c'est qui décide de ce qui est beau ou pas ?!

— Bah regarde ! (*En montrant le poster de Brigitte Bardot.*) T'as qu'à regarder par toi-même ! Et à la télé, et partout !

— C'est pour ressembler à ça que tu te colles des morceaux de scotch sur les paupières ?!

— Et alors ? C'est MES yeux, j'en fais ce que je veux.

— Pourquoi le regard des autres compte plus que tout, dans ce cas ?

— Tout le monde n'est pas comme toi, Kim-Ay. T'en as pas marre de toujours faire ta rabat-joie ?

– La vraie beauté vient de l'intérieur.

– La vraie beauté viendra pour moi quand j'aurai assez d'argent. Je ferai l'opération, je me suis renseignée, ça s'appelle la blépharoplastie. Au lieu de m'acheter une voiture, je me paierai des nouveaux yeux ! Voilà ! »

Je ne voulais pas prendre parti. Je les écoutais en silence. Les engueulades des jumelles ne duraient jamais longtemps. Elles étaient capables de se dire leurs quatre vérités et se rabibocher dans la minute.

Quant à moi, la seule chose dont j'étais certaine en les écoutant se chamailler, c'était que j'aurais volontiers troqué ma double paupière contre l'identité de mon père.

J'aurais tout donné pour connaître mes origines.

En attendant d'avoir le cran de partir à leur conquête, grâce à Tante Brigitte, ce sont mes cheveux qui, eux, avaient retrouvé leurs racines naturelles.

TOMBER DE HAUT

À l'heure où j'étais rentrée du Lycée, la foule s'était déjà dissipée. Le sang par terre avait été nettoyé. Personne n'en parlerait, ni aux infos, ni dans les journaux, pas même dans la section *faits divers* du *Parisien*.

Chacun y allait de son petit commentaire. Les vieux des bancs de l'Avenue de Choisy n'avaient pas la même version de l'histoire que les commerçants des boutiques alentour. Et les gamins qui jouaient au pied des barres ce jour-là, et qui, les premiers, avaient découvert le corps broyé, n'avaient pas été interrogés.

« Quelle tragédie ! C'était un homme bien.

– Oui, il travaillait dur pour ses enfants.

– Quels enfants ? Il n'avait pas d'enfants.

– C'était un parent de la femme du boucher, je crois.

– Celui de la galerie marchande ou de la Porte d'Ivry ?

— Il paraît qu'il a été licencié. Il était déprimé.
— On m'a dit que sa femme l'avait quitté.
— Quel dommage, il venait enfin d'avoir son titre de séjour.
— Pas du tout, il travaillait au noir. Il était endetté jusqu'au cou.
— J'ai entendu dire qu'il buvait.
— Oui, il était souvent au bar-PMU. Il avait tout perdu aux courses… »

Ce qui était sûr, c'est qu'il s'était jeté du vingt-quatrième étage de la Tour de Rome. Le quatre 四 est un chiffre porte-malheur pour les Chinois parce qu'il se prononce comme *sei* 死, la mort. Personne ne veut *vivre* à cet étage.

Les rumeurs au sujet de cet homme se propageaient comme une traînée de poudre dans le quartier des Olympiades. La vérité est qu'aucun de nous ne savait ni son nom, ni pourquoi il avait mis fin à ses jours. Il faisait partie de ces visages anonymes qu'on croisait sur la Dalle sans deviner leur désespoir.

De l'extérieur, l'ensemble immobilier paraît homogène. Des gratte-ciel à perte de vue, et au pied des immeubles les plus hauts de Paris, des toits en forme de temples avec les bords qui rebiquent. Mais le *village dans la ville* se divise en trois groupes bien distincts. Les propriétaires, les locataires et les résidents HLM. Tous les villageois savent que la Tour de Rome est une tour de pauvres.

Quelque temps après le drame, des messieurs étaient venus poser des systèmes de sécurité aux fenêtres des étages les plus élevés, comme si un simple verrou pouvait dissuader quelqu'un de se foutre en l'air. Du haut de notre trentième étage, ma mère, quant à elle, se plaignait de ne plus pouvoir aérer l'appartement.

Ce matin-là, au restaurant, secouée par le suicide de cet inconnu, Grand-Mère avait allumé un bâtonnet d'encens devant l'autel aux ancêtres en récitant un psaume de protection. L'autel aux ancêtres était le refuge de Grand-Mère dans tous les moments difficiles. C'était probablement le cas pour beaucoup de monde, car il y avait un autel aux ancêtres dans tous les commerces de Chinatown.

Jérôme, notre facteur amateur de café, nous avait distribué, en même temps que notre courrier, quelques ragots sur le défunt. Après son départ, ma mère a décacheté proprement, une à une, les lettres à la lame de couteau. Dans l'une des enveloppes se trouvait une convocation du Lycée International qui lui était adressée.

Elle a déchiffré avec stupeur. Objet : Conseil de Discipline, Motif : VOL.

Tout comme ce pauvre homme qui s'était écrasé au pied de la Tour de Rome, ma mère venait de *tomber de haut*.

L'AIR DU TEMPS

Tata Meng avait remplacé ma mère au restaurant pour assurer le service du soir. *Ama* n'avait pas eu le temps de se changer. Elle portait encore son uniforme de travail, une de ses blouses imprimées dont les motifs disparaissaient à force de lavage.

Par la fenêtre de la salle du Conseil, je la regardais traverser la cour, pas sûre de son chemin. Elle avait l'air si petite sous le grand préau du Lycée International.

J'étais assise à la place du condamné, prête pour ma mise à mort.

Face à moi se dressaient mes bourreaux : le principal, Monsieur Ristretto, les professeurs, le représentant des élèves qui n'était autre que Dylan McKay et, surtout, Héloïse, Seconde C, accompagnée de ses parents.

Je n'osais même pas lever les yeux. J'étais étouffée par ma honte et ça ne s'est pas arrangé lorsque ma mère a mis le pied dans la salle du

Conseil de Discipline, amenant avec elle une forte odeur d'ail frit.

J'ai cru entendre quelqu'un dire : « Ça me donne faim. »

Enfant, je croyais que l'ail frit était l'eau de toilette de ma mère.

Dès qu'elle se mettait aux fourneaux et dégainait son wok, les flammes commençaient leur danse et l'huile chaude faisait chanter les bouts d'ail finement émincés jusqu'au bronzage intégral.

Shhh shhh shhh.

La chanson du crépitement de l'ail. L'odeur de graillon du restaurant s'incrustait dans ses cheveux, dans ses fringues et jusque sous sa peau.

La maman d'Héloïse, avec ses yeux sévères, qui me visaient avec mépris, se tenait toute raide dans son tailleur *Gérard Darel*. Je suis sûre qu'elle portait des parfums plus subtils que celui de ma mère, genre *L'Heure Bleue* ou *L'Air du Temps*.

Ma mère s'est confondue en excuses à cause de son retard.

Le principal, après un long topo sur le règlement intérieur et le respect d'autrui, s'est attaqué aux faits qui m'étaient reprochés. J'avais dû vider et rendre le sac à dos *Eastpak*, que j'ai déposé sur la table au centre de la pièce. Le sac grand ouvert et penché dans ma direction semblait m'adresser un sourire narquois. J'étais retournée m'asseoir à côté de ma mère, ne sachant pas laquelle de nous deux était la plus humiliée.

Dylan McKay s'appelait en réalité Raoul Piquenard. Sitôt que je l'ai appris, son sex-appeal a fait une chute libre. Quand Monsieur Ristretto lui a demandé de relater l'épisode du vol, il a pris la parole d'une voix claire, pour expliquer sans aucune hésitation qu'il m'avait surprise en train de quitter le Lycée avec le sac d'Héloïse tandis que d'autres élèves venaient de trouver ses cahiers dans la poubelle des toilettes. Il avait pris l'initiative d'en avertir les membres de la vie scolaire. Il a raconté tout ça le torse bombé, en remettant en place sa mèche, dont la souplesse n'était plus à prouver.

Dylan McKay, ou plutôt Raoul Piquenard, aurait dû découdre son écusson « *Rage Against The Machine* » sur son propre sac à dos *Eastpak U.S.A. Since 1952* et le remplacer par un logo « *Fier d'être une balance, Vichy Since 1940* ».

Ma mère n'avait pas besoin des détails, elle était restée paralysée par le mot *vol*.

Monsieur Ristretto avait rappelé que les parents d'Héloïse auraient pu porter plainte et qu'ils y avaient renoncé, dans un élan de miséricorde, en contrepartie d'une sanction exemplaire, à savoir une semaine d'exclusion.

Ma mère, reconnaissante, joignait les mains et remerciait les membres du Conseil, un à un. Elle avait eu tellement honte que je craignais qu'elle ne finisse par se mettre à genoux. La manière dont elle se rabaissait devant tant de « clémence » était proportionnelle au niveau d'élévation du menton de la mère d'Héloïse, qui ressemblait maintenant en tout point à une oie en *Gérard Darel*.

Qu'est-ce qui était le pire ?

Se faire balancer par celui dont on rêve en secret, ou faire face à une éternité de reproches et de malédictions maternels ?

Non, le pire, c'était la pitié dans les yeux d'Héloïse, qui m'avait dit, à la sortie de la salle du Conseil :

« T'inquiète, de toute façon, mes parents m'en ont acheté un nouveau. T'as qu'à garder l'autre. »

En partant, ma mère a serré la main de Monsieur Ristretto et laissé échapper son habituel :

« Merci, merci beaucoup, madame, monsieur, au revoir et à bientôt. »

Dehors, elle était si bouleversée qu'elle a mis un certain temps à être capable de me regarder. Elle a d'abord lâché un *Aiya*, le son du soupir et de la lamentation en cantonais.

« Tu veux finir en prison, c'est ça ? Tu n'as pas honte !

– Je voulais juste être comme eux, c'est tout…

– Est-ce que je t'ai élevée pour faire de toi une voleuse ?!

— Je t'avais prévenue que je voulais plus être dans cette école, *Ama* !

— Avant, tu étais toujours la première de la classe ! Qu'est-ce qui te prend ?!

— Comme tu le dis, *Ama*, c'était avant.

— J'aurais dû t'élever à la chinoise, tu ne me parlerais pas sur ce ton... *Aiya* ! Grand-Mère l'avait prédit... Sais-tu ce qui arrive aux enfants comme toi ?

— En Chine, j'en sais rien, mais ici on est en Démocratie !

— Qu'est-ce que j'ai bien pu faire pour mériter ça ? Élève difficile, élève difficile... Sais-tu seulement tout ce que j'ai fait pour toi, tout ce que je t'ai donné. Comment oses-tu être difficile ? »

Oui, c'était difficile d'être coincée entre les tailleurs *Gérard Darel* aspergés d'*Air du Temps* et les blouses à pivoines imprégnées de friture d'ail.

SANS FILET

« Je vais prendre le menu A3, mais sans coriandre et avec une sauce soja supplémentaire. Vous pouvez remplacer le riz blanc par autre chose ? Une perle coco ou des crevettes ?
— Dans ce cas, il faut prendre à la carte. Les menus ne sont pas modifiables.
— Ah bon ? C'est nouveau ça, tiens !
— Non, c'est pas nouveau. Les menus ont toujours été là, il faut les respecter, c'est tout.
— Avec la dame qui est là d'habitude, on peut toujours s'arranger…
— Je viens de vous dire que ce n'est pas possible… »

Ma mère, qui me surveillait du coin de l'œil, est arrivée à petites foulées. Elle voulait à tout prix éviter l'incident diplomatique. Pour ne pas fâcher son client capricieux, elle m'a agrippé le bras discrètement et m'a mise sur le côté :

« Pas de problème ! Pas de problème ! Excusez-la, elle est petite. Comme d'habitude, pas de riz blanc, perle coco et crevettes aigre-doux, cadeau bon client !

— Ah oui, je me disais aussi, ici on nous refuse rien normalement… N'oubliez pas, sans coriandre, hein ? Je déteste la coriandre, ça a le goût du liquide vaisselle… Et je pourrais avoir ma petite corbeille de pain s'il vous plaît ? »

Quel genre de type demande du pain dans un restaurant chinois ?

Et quel genre de mère envoie sa fille à la boulangerie d'en face lui acheter une baguette ?!

Pendant mes sept jours d'exclusion, j'ai travaillé au restaurant matin, midi et soir. J'ai fait tous les services, toutes les livraisons à domicile. J'ai même mis la main à la pâte en cuisine, sans oublier les toilettes que j'ai dû récurer des millions de fois. J'y ai affiché une note : « Merci de laisser cet endroit aussi propre que vous l'avez trouvé en entrant. »

À chaque fois que le carillon musical fixé sur la porte du restaurant retentissait, je levais les yeux au ciel et soufflais. *Mi ré mi ré mi si ré do la*, ce sont les neuf premières notes de la *Lettre à Élise* qui résonnaient en sons de *Bontempi*. *La Lettre à Élise* était le morceau préféré de ma mère, c'est d'ailleurs par amour pour *Élise* qu'elle avait tenu à me faire apprendre le solfège.

Le bulletin disciplinaire du Lycée m'invitait à réfléchir à la gravité de mes actes. Pour en saisir toute la portée, ma mère, quant à elle, ne m'invitait pas à la réflexion mais à l'action. Il était hors de question que ma punition ressemble à des vacances.

Ama m'envoyait servir le café à Jérôme, notre facteur. À peine passait-il l'encadrure de la porte dans son uniforme bleu à liseré jaune, bardé de sa grosse sacoche en bandoulière, que son expresso était prêt. En lui tendant sa tasse et ses nougats au sésame, je ne pouvais décrocher mon regard de l'épaisse couche de pellicules tombée en neige sur ses épaules. J'imaginais les lettres prioritaires et les recommandés faire la fiesta sur sa poudreuse.

« C'est bien d'aider ta mère. Elle travaille dur, tu sais.

— Personnellement, j'aurais préféré qu'elle soit salariée, dans un bureau, avec des R.T.T. et cinq semaines de congés payés.

— Salariée, à travailler pour les autres ? Au moins, dans son restaurant, elle est sa propre patronne.

— Bah, justement. Du coup, c'est moi qu'elle fait travailler, et à l'œil en plus ! Du travail forcé de mineure !

— Tu deviendras peut-être la patronne un jour.

— Jamais de la vie.

— Et pourquoi pas ?

— Elle essaie de me dégoûter de ce restaurant pour que je fasse autre chose ! Je la connais !

– Je la trouve fatiguée en ce moment, non ? »

Depuis que Jérôme m'avait fait la remarque, je voyais bien qu'elle avait cet air épuisé en permanence. Qu'elle avait besoin de s'asseoir parfois, alors qu'avant ça n'arrivait jamais. Je m'étais mise à m'inquiéter pour elle.

En cuisine, Grand-Mère me faisait faire les tâches les plus fastidieuses, comme émincer l'ail avec le couteau rectangulaire du boucher. Après avoir réduit en miettes fines la corbeille de cinq kilos de ces énormes gousses, je les répartissais dans des bocaux recyclés de *Maxwell Qualité Filtre* remplis d'huile de tournesol. Ça durait des heures et mes doigts en étaient tout souillés de jus d'ail. Alors que je mettais fin à ce labeur, j'avais dit à Grand-Mère :

« On dirait qu'*Ama* n'est pas en forme. Elle est pas comme d'habitude.

– Et la faute à qui d'après toi ? Tu lui causes trop de problèmes ! »

Je me sentais coupable, encore plus qu'avant. Je n'ai plus osé aborder le sujet.

Grand-Mère égouttait ses légumes chinois dans des passoires en plastique coloré posées au sol, surmontées de filets en tissu à maillage serré. Elle passait de temps à autre une main sous les filets pour vérifier le taux d'humidité des feuilles de brocoli ou des choux de Shanghai. Elle me faisait penser à ces vieilles Chinoises qui vendent leurs légumes au marché, accroupies avec leurs fesses qui pendent entre leurs talons.

« Pourquoi tu mets des filets ? »

Grand-Mère a répondu d'un air évident : « Pour éloigner les mouches ! » Pourtant il n'y a pas beaucoup de mouches dans le Treizième, c'était probablement un réflexe de sa vie d'avant.

Sa vie d'avant, dont elle ne parlait jamais.

Au même moment, ma mère est entrée en trombe dans la cuisine pour nous avertir qu'on avait de la visite. Elle avait l'air terrorisée.

Inspection surprise des agents de l'hygiène.

Trois messieurs en costume sombre avaient fait irruption à l'*Extrême-Orient*.

Sous leurs airs sérieux, ils ricanaient et faisaient des plaisanteries, pensant qu'on ne maîtrisait pas suffisamment leur langue pour en saisir les nuances. Ils s'adressaient à ma mère à la troisième personne : « Qu'est-ce qu'elle a mis dans ce réfrigérateur ? »

Les inspecteurs mettaient leur nez dans les provisions, vérifiaient les dates de péremption des produits d'épicerie et soulevaient les couvercles des boîtes dans la chambre froide. Ils avaient une manière dédaigneuse de poser leurs mains gantées sur nos objets. Leurs regards étaient pleins de suspicion. On aurait dit des enquêteurs sur une scène de crime.

« Elle a des animaux domestiques ? » ... Ma mère a répondu : « Non, non, jamais », tandis que celui qui semblait être le chef a chuchoté à son collègue en riant aux éclats : « Seulement dans le congel' ! » À chacune de ses *blagues*, il jetait des coups d'œil autour de lui pour vérifier que ses subalternes avaient bien adhéré à son *humour*.

La visite de l'inspection de l'hygiène a eu pour effet de stresser ma mère au plus haut point. Elle agissait encore plus bizarrement. Elle forçait tant le trait de ses *non-sourires* qu'il y avait vraiment de quoi éveiller les soupçons.

La crème de durian interpellait les inspecteurs. Dans notre dos, l'un d'eux s'est mis un doigt au fond de la gorge et a fait semblant de dégueuler.

« Beurk, c'est infâme, cette odeur ! Qui bouffe cette merde ? »

Ma mère, sous pression :

« Dis-leur que c'est de la crème de durian faite maison. Pour le dessert au riz gluant !

— Mais je l'ai déjà expliqué, *Ama*.

— Ce n'est pas grave, insiste ! On ne peut pas jeter tout ça à la poubelle !

— Ils ne connaissent pas le durian, ils trouvent que ça pue.

— Mais c'est un produit de luxe ! Ils ne veulent vraiment pas boire un café avec des nougats au sésame ?

– Mais, *Ama*, ils ont dit non, déjà.

– Demande encore. Dis bien que c'est offert ! »

Les inspecteurs avaient voulu remonter jusqu'à la source. Quelle ne fut pas leur surprise quand ils posèrent leurs yeux sur le « roi des fruits » ! Ils hésitèrent à tâter la carapace verdâtre des durians frais, hérissés de grosses épines coniques, qu'Oncle Deux avait fendue à l'aide d'une hachette. Alignés sagement au fond de la chambre froide, on aurait dit un rassemblement de *King Bowser Koopa* et ses *Koopalings* dans le jeu vidéo *Mario Kart*. Les inspecteurs ont voulu regarder à l'intérieur. Ils se sont retenus de respirer devant l'enveloppe spongieuse qui emmaillote comme du papier à bulles les morceaux de chair jaune crème à noyaux bruns.

On s'en est sorties avec un simple avertissement. À cause du distributeur de savon mural qui était vide.

Une fois les inspecteurs partis, ma mère a poussé un soupir de soulagement. Certains commerçants du quartier avaient dû mettre la clé sous la porte après leur passage. Parfois, ils n'avaient simplement pas compris leurs questions, ou n'étaient pas capables de s'expliquer, alors ils avaient été jugés coupables.

Ma mère a sorti de la réserve une poche de savon liquide toute neuve. Mais, au lieu de la fixer au distributeur, elle l'a d'abord vidée à moitié et coupée avec de l'eau afin qu'elle dure plus longtemps.

Ma mère ne manquait jamais de transvaser, allonger, délayer. Il fallait se méfier des contenants chez nous, car ce qui était inscrit sur l'étiquette reflétait rarement ce qu'il y avait à l'intérieur. Même chose pour les produits d'hygiène. Lorsqu'un bloc de savon tirait sur sa fin, il était fusionné avec d'autres en un *Marseille-Palmolive-Amande Douce*. Un tube de dentifrice n'était pas terminé avant d'être raplapla, éventré, gratté et vidé. Ma mère diluait même les shampooings *Dop*, l'*Eau Précieuse* pour mes boutons d'acné, et refusait de mettre de la crème sur ses mains rugueuses et sèches.

« Pour quoi faire ? Ça se voit qu'elles travaillent. »

« Ne pas gâcher », répétaient en chœur ma mère, Grand-Mère et tous les autres, ramassant et entassant pour plus tard. « On ne sait jamais, ça peut toujours servir. »

Ce qu'on sait, en revanche, c'est que, dans l'arbre généalogique, cette pathologie va s'arrêter à moi.

Après cet épisode intensément stressant, ma mère a souffert d'une sorte de vertige. En se relevant de sa chaise, elle a chancelé quelques secondes sur ses jambes, l'air absent, comme si son esprit l'avait quittée momentanément.

J'ai croisé son regard vitreux à cet instant :
« Ne me regarde pas comme ça ! Y'a rien à voir, c'est rien, c'est rien, tout va bien. Allez, retournons au travail ! »

À BICYCLETTE

Depuis que le service du soir avait commencé, la sonnerie du téléphone n'avait pas cessé de retentir, suivie de la voix de ma mère : « *Neoi neoi* 女女, LIVRAISON ! »

Bardée de sacs plastique, j'enfourchais mon vélo de ville, trop grand pour moi. Mes pieds ne touchaient même pas le sol et le guidon tanguait sous le poids des plats à emporter, comme les piquets de bambou sur le dos des *coolies*. Je pédalais à contresens sur les trottoirs, cheveux au vent, portant mes petits paquets aux clients désireux de dîner dans le confort de leur canapé.

Premier arrêt : Monsieur et Madame Duval, 5 rue de la Vistule, code A4275, troisième étage. Deux nems porc et deux riz cantonais.

« Mais, Sabine ! Je t'avais dit une bière *Tsing Tao*. T'as fait exprès d'oublier, hein, avoue !

— Et ton ulcère ? T'as pensé à ton ulcère, François ?

– Mon ulcère, c'est pas à cause de la bière ! »

J'ai gardé les yeux rivés sur leur paillasson « bienvenue » et Madame Duval m'a donné deux euros de pourboire.

J'aimais bien aller chez les gens. Depuis la porte d'entrée, d'où je leur tendais leur repas emballé, j'apercevais parfois un couloir, un coin de salon, j'entendais de la musique, ou des rires d'enfants. Je pouvais presque deviner les histoires qui se jouaient derrière ces murs.

Ensuite, j'ai déposé chez Madame Leroy sa portion habituelle de nouilles sautées sans poivrons. Elle ressemblait à la grand-mère dans le dessin animé *Anastasia*. Son port de tête princier allait de pair avec sa maison de ville dotée d'immenses fenêtres qui devaient être impossibles à nettoyer à l'*Ajax Triple Action*.

J'ai garé mon vélo sous l'autocollant « STOP PUB » affiché glorieusement sur la boîte aux lettres, que peu de distributeurs de prospectus respectaient, surtout pas le distributeur de menus de l'*Extrême-Orient* (c'était moi).

Dans le hall d'entrée, il y avait des rangées de bibliothèques qui allaient jusqu'au plafond, si elles avaient pu aller au-delà, elles seraient montées jusqu'au ciel. Les volumes poussiéreux de la Pléiade et les éditions anciennes me donnaient un peu le tournis. Pourquoi ces trésors nous étaient-ils inaccessibles ? Nos seules lectures étaient les magazines féminins importés de Hong Kong qui traînaient au salon de Tante Brigitte. Ma mère était fascinée par les bibliothèques, elle pensait beaucoup de bien de Madame Leroy. J'imaginais que Madame Leroy avait dû être quelqu'un d'important, une Médecin Sans Frontières ou une Grande Reporter.

Une fois, *Ama* m'avait dit : « Tu sais, les livres sont précieux, ce sont les premières choses qu'on détruit pendant la guerre. » Après ça, j'avais fait des cauchemars avec des scènes de bombardements entremêlées d'extraits choisis de la princesse *Anastasia*. Petite, je l'avais regardée en boucle. Dans mes songes, je voyais mon père sous les traits d'un prince cambodgien, adulé et dévoué à son peuple. Son renversement par un coup d'État mené par le traître Raspoutine faisait alors de moi la seule héritière légitime du trône, ne me laissant pas d'autre choix que de fuir et de me cacher. Ma véritable identité devait à tout prix rester secrète pour me protéger des usurpateurs au pouvoir. Je me réveillais chaque fois en sueur et j'entendais la voix de ma mère marteler dans ma tête : « Tu comprendras quand tu seras grande. »

La nuit était tombée alors que j'atteignais la Dalle des Olympiades. Destination finale de ma tournée : Monsieur Ozanne, Tour Anvers. Pas de code, mais sonner à l'interphone, appuyer longtemps, il est un peu dur de la feuille.

Alors que je m'approchais de l'immeuble, j'ai aperçu des signaux incandescents s'agiter comme des lucioles autour d'un festin nocturne. Il y avait ces garçons qui étaient toujours là, à fumer dans la pénombre. J'ai pilé devant l'interphone et me suis précipitée sur le bouton « Ozanne »... « Ozanne »... Mais où pouvait bien être ce foutu « Ozanne » ?

Ça y est, le voilà. Vite, j'ai appuyé une fois. Longtemps. Mais rien.

« Hé ! Mademoiselle ! Vous êtes charmante !
– ...
– N'aie pas peur ! Hé ! Viens par là ! On veut juste discuter. Je suis jamais sorti avec une Asiatique !
– ...
– Doucement... tu vas le casser, ce bouton... Bah quoi, tu parles pas français ? *Nihao. Konichiwaaa. Ching chang chong ! Face de citron ! Chinetoque !* Hé, répond ! Un peu de respect, là ! »

J'étais tétanisée, alors je m'acharnais frénétiquement sur le voyant « Ozanne », jusqu'à ce qu'enfin, à l'autre bout de la machine, le timbre nasillard de Monsieur Ozanne se fasse entendre.

« Douzième étage ! Mais l'ascenseur est en panne ! »

Je me suis engouffrée dans la cage d'escalier et n'ai jamais enfilé tant de marches si rapidement. Je suis parvenue complètement essoufflée à la porte de Monsieur Ozanne et lui ai tendu, sans pouvoir articuler un mot, son sac plastique contenant un *bobun* et des rouleaux de printemps. Il avait aussi commandé une canette d'*Orangina*. Elle avait été tellement secouée que la pulpe avait dû descendre à la cave.

Quand je suis sortie de la Tour Anvers, les jeunes d'en bas avaient disparu.

Mon vélo aussi.

« Oh merde, MERDE ! »

Une silhouette rouge, qui passait par là, a été interpellée par mon désarroi. Un garçon qui portait un survêtement *Sergio Tacchini* et des baskets à bulles d'air s'est approché.

« Ça va ?

— Non, ça va pas ! Tes potes viennent d'embarquer mon vélo !!

— Quoi ?! De quoi tu parles !?

— Les mecs qui étaient là tout à l'heure !

— Qu'est-ce que j'en sais ! J'suis en train de rentrer chez moi, j'ai rien à voir là-dedans !

— Ah bon ? Mais je croyais que t'étais avec eux… Vous avez tous ce genre de survêt…

– Tu crois que tous les mecs en survêt, c'est une famille ?

– Non, je… je…

– Une bande organisée ?

– J'ai pas dit ça… Putain ! Mon vélo ! Je vais me faire tuer !

– Allez, viens, on va voir s'ils l'ont pas laissé quelque part dans le quartier. »

J'ai clopiné derrière Sergio Tacchini dans les contre-allées des Olympiades et des coins un peu sombres où je n'avais jamais mis les pieds avant ce soir-là. Les réverbères étaient éteints, le monsieur de la voirie avait encore dû s'endormir devant l'interrupteur.

« Tu m'emmènes où, là ? T'es sûr qu'on va chercher mon vélo ?

– De quoi t'as peur ?

– Si c'est pour l'argent, c'est pas la peine. J'ai pas de liquide sur moi. Que des *Tickets-Restaurant*.

– Tu vois pas que j'essaie de t'aider, là ?! Si tu veux, j'm'en vais.

– Non, pars pas ! J'préférais être sûre. C'est juste qu'on se connaît pas, en fait. J'sais même pas comment tu t'appelles.

– Nabil. Et toi ?

– J'te le dis, mais tu te fous pas de ma gueule, d'accord ?

– …

— J'm'appelle Chi Chi.

— Chi Chi ? Ah ouais, c'est mignon, on dirait un nom de manga !

— J'en étais sûre…

— Bah quoi ? C'est pas méchant…

— C'est comme si je te disais : Nabil, c'est mignon, on dirait un nom d'épicier !

— Y'a rien à voir, ça, c'est raciste. En plus, l'épicier en bas de chez toi, il s'appelle *Tang Frères* ! »

On est descendu sur la rue de Tolbiac par les escalators. Quelques passants se sont retournés sur notre couple inattendu. Je baissais les yeux, de peur de croiser quelqu'un que je connaissais.

« Tu trouves pas que les gens nous regardent bizarrement ?

— Non, pourquoi ?

— J'sais pas…

— C'est parce qu'ils ont pas l'habitude de voir une livreuse de nems avec un beau gosse comme moi ! »

Si Nabil avait été asiatique, comme le petit copain d'Asoy, nous serions passés inaperçus. Asoy était la seule d'entre nous à avoir un petit copain « officiel ». Il s'appelait Hoa et ils se tenaient la main dans la rue sans crainte. Asoy avait même le droit d'aller danser aux soirées *Asia Follies* au bras de son Prince Charmant.

On a retrouvé mon vélo en bordure du parc de Choisy, la chaîne déraillée, le guidon tordu, la selle dévissée. Nabil a escaladé la grille pour pénétrer à l'intérieur du parc. Il m'a fait la courte échelle à travers les barreaux et m'a réceptionnée de l'autre côté.

« Dis donc, t'es plus lourde que t'en as l'air !

— T'as qu'à dire que je suis grosse, tant que t'y es !

— C'est pas ça que je voulais…

— Oh merde, mon vélo est complètement foutu !

— Mais non, je peux te le réparer. »

Nabil avait les mains noires de cambouis après avoir remis la chaîne en état. On a fait le chemin inverse et on est rentrés en marchant de part et d'autre du vélo qui roulait à nouveau, comme si cet épisode nocturne n'avait pas eu lieu. Quelques mètres avant d'arriver devant le restaurant, je lui ai fait mes adieux.

« Bon bah… c'était cool…

— T'habites ici ?

— Non, plus loin… mais voilà. Merci, en tout cas.

— On se revoit quand ?

— Euh… bah…

— Tu sais, j'ai toujours trouvé les filles asiatiques super belles. »

Pour une fois que je plaisais à un garçon, qu'il me trouvait belle, il me signifiait que je n'étais pas la seule et qu'il y en avait quelques milliards d'autres qui étaient à son goût à travers moi.

PERLES EN ENFILADE

« Du repos, il vous faut du repos, Madame Chan.

– *Aiya !* Pas possible ! Qui va s'occuper du restaurant ? Ce soir, beaucoup de réservations ! »

Le Docteur Phan a fait les gros yeux à ma mère. Son diagnostic était sans appel. Ma mère a défait l'ourlet de manche autour du poignet où il lui avait pris le pouls et s'est rhabillée.

L'officine du Docteur Phan avait l'odeur de ces arômes caractéristiques de la pharmacopée chinoise : la mousse, le sous-bois et la résine. On l'appelait Docteur Phan, même s'il n'y a pas de plaque « docteur » à l'entrée de son cabinet, juste une pancarte « *Plantes et Santé* ». Ses diplômes avaient perdu toute valeur à son arrivée en France, si bien qu'il avait dû repartir de zéro en faisant la plonge à l'*Extrême-Orient*.

Enfant, j'étais captivée par l'herbier d'apprenti sorcier du Docteur Phan : il soignait avec de la poudre de carapace de tortue, des insectes séchés, des baies de goji, des graines de ginkgo, qu'il mitonnait dans une vieille bouilloire en terre cuite. Et il guérissait tous les autres bobos avec du Baume du Tigre.

Si je buvais ses breuvages médicinaux d'une traite, il me récompensait avec une petite prune séchée et salée qui me piquait la bouche et chassait l'amertume.

Même si je préférais de loin le sirop au goût de fraise artificiel de la pharmacie.

« Madame Chan, cette fois, c'est sérieux : vous DEVEZ vous ménager. Laissez Chi Chi prendre le relais. Chi Chi, tu me promets que tu vas aider ta maman ?

– Bah, Docteur Phan, j'aide déjà *Ama*. »

On a longé le boulevard Masséna avant de regagner l'Avenue de Choisy. Devant le *McDonald's* à l'enseigne en chinois 麥當勞, des vendeuses d'herbes aromatiques ont hélé ma mère, mais elle ne voyait pas les bottes de ciboule qu'elles agitaient à son passage.

Ama était ailleurs.

Pour la première fois, c'est moi qui ai donné un ordre à ma mère.

« *Ama*, toi, tu rentres à la maison te coucher.

– Mais non, ce n'est pas la peine. Tu connais le Docteur Phan, toujours en train d'exagérer !

– Tu vas écouter maintenant ! Y'a pas que le travail dans la vie, tu dois penser à ta santé. Tu dis tout le temps que je suis têtue, maintenant je sais d'où je tiens ça ! »

Ma mère m'a dévisagée un instant en écarquillant les yeux.

« Bon, d'accord, je rentre… Mais si vous êtes débordées, tu me téléphones !

– Oui, oui, c'est ça, allez, va dormir un peu, on se débrouillera très bien sans toi. »

De retour au restaurant, j'ai remonté le rideau de fer et allumé toutes les lumières de la salle pour la mise en place. Aux côtés de mes fleurs de lotus branlantes dans les assiettes, j'ai placé des petites bougies chauffe-plats dans les photophores. Sur l'une de nos meilleures tables trônait le chevalet avec l'inscription *réservé* en lettres d'or.

J'ai eu tout le mal du monde à reconnaître Jérôme, notre facteur, sans son uniforme de travail. Pas de doute sur ses pellicules, qui, en revanche, étaient bien au rendez-vous. Jérôme n'avait même pas essayé de les épousseter. Assis confortablement à la table ronde avec ses cuisses écartées, il occupait presque une chaise et demie. Sa promise, quant à elle, essayait de tenir sur la demi-chaise restante.

Entre deux bouchées, Jérôme la galochait à en perdre haleine. En parlant d'haleine, je n'osais même pas imaginer : il avait dévoré les aubergines sautées à l'ail.

L'une des mains de Jérôme était posée sur sa poitrine, la malaxant à travers son pull en polyester moulant. Mon regard était hypnotisé par leurs attouchements, dignes d'un film crypté sur Canal Plus. Heureusement que ma mère avait fini par rentrer se coucher, elle qui était de nature si pudique qu'elle n'avait jamais enlacé sa propre fille.

Les autres clients semblaient ravis du spectacle, y voyant l'affirmation d'une passion débordante qui ne connaissait aucune frontière.

J'ai entendu des commères chuchoter entre elles : « Comment il s'est trouvé une femme aussi jolie ? C'est incompréhensible ! »

Cette femme s'appelait Cécile, du moins c'est ainsi que Jérôme nous l'avait présentée. Sinon, avec nous, elle préférait qu'on l'appelle par son vrai nom : *Busaba*. Ça signifie « fleur » en thaïlandais. Busaba avait la peau dorée, une cascade de longs cheveux noirs et épais tombant de part et d'autre de son 95 D. Une voix de miel émanait de ses lèvres charnues dont elle avait tracé les contours avec un crayon fuchsia. Elle ne parlait pas du tout français, mais baragouinait tout juste quelques mots d'anglais.

Cela ne posait aucun problème à Jérôme, qui s'exprimait pour deux.

« Ça a été le coup de foudre immédiat ! Des deux côtés, pas vrai, ma fleur de cocotier ? *Me, you : many love !*

— *Yes, thank you, darling. Eat, here, eat !*

— Si vous aviez vu la fête dans son village ! On avait loué des jet-skis pour la parade, la grande classe, quoi. Je leur ai payé le plus gros gueuleton de leur vie ! Hein que ta famille, ils m'adorent ? *Your mother, very nice, your father, very nice too !*

— *Yes, thank you, my love, good gold you buy for me.*

— Le dossier de mariage va être expédié à la Mairie. Je connais des gens à la Mairie, moi. Vos faire-part sont bientôt prêts. Surveillez votre courrier ! Ha, ha, ha ! T'as compris la blague ? *You understand the... the funny ?*

— *Drink, my love, drink some wine !* »

« Buvons à l'amour ! »

Les verres de Brouilly frais ont carillonné joyeusement à l'annonce de ce toast qui faisait rougir les pommettes de Jérôme. Il était heureux comme un prince.

En plein milieu du service, Tata Meng est passée « à l'improviste ». Comme si j'étais débile. Elle avait dû être envoyée en bon soldat de la milice maternelle. J'ai tenté de protester : « C'est bon, ça va aller, Tata Meng, je peux m'en sortir toute seule ! » Mais elle n'a rien voulu entendre.

Je m'attendais à ce qu'elle mette son nez partout, comme quand elle épie ses employés à la Rôtisserie.

Mais, ce soir-là, Tata Meng n'a eu que faire des erreurs de caisse. Elle s'est pétrifiée non loin de la table des futurs mariés.

D'ordinaire, Tata Meng déteste les scènes de romance. Elle dit que c'est niais, mièvre, nunuche. Si, à sa boutique, elle visionne en continu des séries hongkongaises à l'eau de rose sur l'écran suspendu dans l'angle, c'est pour mieux les critiquer. Tandis que la file d'attente se presse devant la vitrine de la Rôtisserie où pendouillent tête en bas ses canards déplumés à la peau caramélisée, Tata Meng gronde de sa grosse voix en rendant la monnaie à ses clients :

« Mais enfin, il est avec elle pour son argent ! Ça crève les yeux ! Cette imbécile n'y voit que du feu ! L'amour, c'est surfait, ça n'existe pas ! »

Pourtant, elle n'a rien dit de la sorte devant Busaba et Jérôme. Émoustillée, elle les observait, bouche ouverte, son grain de beauté tremblant d'émotion au-dessus de ses lèvres. Tata Meng était captivée comme jamais par le scénario palpitant qui se jouait en direct sous ses yeux.

Alors que Busaba et Jérôme s'embrassaient à pleine bouche pour la énième fois, qui donc ai-je vu débarquer dans le restaurant ? Ma mère ! Le repos de la guerrière avait été de courte durée :

même pas quelques heures, même pas un service entier.

« Qu'est-ce que tu fous là, *Ama* ?
— Bonsoir ! Bonsoir ! Bonsoir, Madame, ça va ? Tout a bien passé ?
— Mais *Ama*, le Docteur Phan a dit…
— Ça va, ça va, je te dis. Je suis là pour les clients ! Les clients sont rois, pas vrai, monsieur ? Vous bien mangé ce soir ? Ma fille bien servi ? »

Tandis que j'apportais le dessert, contenant d'un commun accord avec Jérôme la bague de fiançailles, clou de la soirée, ma mère a enclenché la sono : la chanson *Joyeux anniversaire* en chinois version techno s'est mise à hurler dans les baffles. Des clients tapaient dans les mains.

« Mais, *Ama*, arrête ! C'est pas un anniversaire !
— C'est pas grave ! C'est la fête ! »

Busaba a dégagé la bague de fiançailles embourbée dans la pâte de soja un peu raplapla de la perle coco et l'a brandie aux yeux de tous.

J'ai entendu Tata Meng renifler. Elle s'essuyait discrètement les yeux avec ses doigts.

« Pour ma fleur exotique, *twenty four carats* ! » s'est empressé de préciser Jérôme.

Jérôme a alpagué ma mère pour lui raconter en détail leur première rencontre et faire admirer sous tous les angles la bague qu'il venait de passer à son doigt. Il restait des bouts de pâte jaune pâle coincés dans les rainures du bijou, comme ces morceaux de nourriture qui s'immiscent entre les dents.

Ma mère s'est montrée aimable (« Magnifique ! ») et a été encourageante quand Jérôme a déballé son projet de monter un salon de massage. « Je suis sûr que ça va faire un carton ! Les Parisiens sont trop stressés ! Métro-boulot-dodo, c'est la mort assurée ! Et ma fiancée Cécile pourra faire venir ses sœurs. Le massage, dans leur famille, c'est génétique ! »

Ma mère a même proposé son aide pour faire les démarches à la préfecture, répétant à tout bout de champ : « Félicitations ! Vraiment, c'est très bien, bravo ! Bravo à toi ! »

Mais, dès qu'ils eurent fermé la porte derrière eux, son regard s'est assombri. Elle a pris le combiné pour appeler Tante Brigitte.

« Comment ça, tu le savais ? Tu le savais et tu n'as rien fait ?

— Grande sœur, c'est un beauf, ce type, tout le monde est d'accord…

— Qu'est-ce que tu me racontes ? C'est pas un bœuf, mais un Français. Un Français avec un travail stable ! Un excellent parti ! Maintenant c'est trop tard.

— Tu sais ce qu'ils disent, les Français ? Qu'il vaut mieux être seule que mal accompagnée.

– Quoi ? Qu'est-ce que… Tout ça me rend malade ! Qu'est-ce que vous avez toutes à ne jamais m'écouter ? »

Ma mère a expiré bruyamment en raccrochant. Ses efforts pour caser Tante Brigitte, ses efforts *pour le bien* de sa petite sœur, avaient donc été vains. Le marché de l'amour n'était plus ce qu'il était. Les hommes d'aujourd'hui n'avaient plus de scrupules à aller chercher *au pays* celles qui sauraient les choyer en échange d'un foyer. Ils les préféraient aux femmes qui avaient vécu trop longtemps en Occident, comme Tante Brigitte : trop exigeantes, trop compliquées. Des agences matrimoniales spécialisées dans ces mariages intercontinentaux avaient fleuri. C'était par le biais de ces entremetteurs modernes que Jérôme avait enfin trouvé sa perle rare.

Au cours du dîner, j'étais tombée par hasard sur Busaba dans les toilettes. Nos regards s'étaient croisés dans le miroir. Elle était en train de se remettre une couche de crayon fuchsia autour des lèvres. Elle m'avait souri.

« *Do you have a boyfriend ?*
– *No, not yet.*
– *Why ?*
– *My mother says I should have a career first.*
– *Such a beautiful face. You will find love.*
– *Thank you.* »

J'avais rougi. D'un coup de tête, Busaba a fait voler en arrière ses cheveux longs et épais, comme dans une publicité *L'Oréal*. Elle était si belle.

Je m'étais demandé pourquoi une femme comme elle avait choisi un homme comme Jérôme qui parle fort et peluche du scalp.

RE-INTÉGRATION

« Tu veux quoi ?
— J'ai faim. J'ai pas le droit ?
— À emporter ?
— Seulement si je peux emporter la serveuse avec le menu.
— T'es vraiment lourd…
— Elles disent toutes ça au début, mais après elles deviennent accros.
— Bon, tu commandes ou pas ?
— Qu'est-ce que tu me conseilles ? Un truc sans porc, et sans chien…
— T'es con… Prends une nouille, tiens, ça t'ira bien. »

Ma mère rôdait autour de nous, avec son regard soupçonneux. Elle s'est approchée de Nabil, arborant son *non-sourire* de circonstance.

« Bonsoir monsieur, tout va bien ? Commande à emporter ?
— Bonsoir madame, oui, merci beaucoup. On s'occupe déjà de moi… »

Tout en gardant son *non-sourire*, ma mère s'est adressée à moi en cantonais.

« Qu'est-ce qu'il te veut ? Il cherche les problèmes ?

— Mais non, t'inquiète pas, je le connais.

— Ah bon ? Comment tu le connais ? Il n'a pas une tête à aller à ton école !

— C'est un ami, *Ama*…

— Avec des amis comme ça, je comprends mieux pourquoi tu t'es mise à voler ! »

J'ai essayé de cacher à Nabil mon exaspération. Et lui n'y voyait que du feu, le *non-sourire* professionnel de ma mère avait fait son effet.

« C'est ta mère ? Elle t'a dit quoi ?

— Rien du tout.

— Elle t'a dit : *Il est mignon, mets-le bien, supplément, sauce, tout*. Je crois que je lui ai tapé dans l'œil…

— Ouais, grave, t'es tout à fait son genre. »

Nabil s'est accoudé sur le comptoir et a posé son menton dans ses mains pour me parler. Comment faisait-il pour être aussi à l'aise dans un environnement aussi hostile ?

« T'es là demain ?

— Non, demain, je retourne en cours. Je m'étais fait virer une semaine.

— Waou, c'est la première fois que je rencontre une Chinoise caillera. T'es tombée pour quoi ?

— Vol avec préméditation.

95

— T'as volé quoi ?
— Un sac à dos *Eastpak*.
— Hein ?! C'est quoi ce lycée de bouffons ? Moi, dans mon lycée pro, la dernière fois que quelqu'un a été viré une semaine, c'était pour avoir jeté un cocktail *Molotov* sur la voiture du principal !
— Tu vas en cours à Bagdad ou quoi ?
— Pas loin. Mais je préfère Bagdad que ton lycée de Charles-Édouard.
— Ils sont pas tous comme tu crois. »

En repartant, sa commande sous le bras, Nabil m'a fait un clin d'œil. Ça lui a donné un air un peu sadique. Au dos de la note, il avait inscrit son numéro de téléphone.

Le lendemain matin, j'ai retrouvé le chemin du Lycée. Les jours de cette semaine d'exclusion s'étaient succédé plus vite que je ne m'y attendais. Finalement, la semaine de travaux forcés au restaurant avait été marrante.

J'avais une boule au ventre. Pour la première fois, j'espérais passer inaperçue. C'est fou, quand on repense à tous les efforts que j'avais faits depuis le début pour me faire remarquer.

Outre le fait qu'aucun élève de ma classe n'a accepté de me prêter les cours à rattraper, mon retour à la vie scolaire n'a pas été trop brutal.

Les couloirs du Lycée n'avaient pas changé. Ni le principal, Monsieur Ristretto, glué à son bureau. Ni l'odeur du bœuf bourguignon qui se préparait dès l'aube dans les cuisines de la cantine. Ultra-Doux, Dylan McKay et leurs potes fumaient toujours leurs clopes sur le banc, à la différence près qu'ils avaient intégré à leur club un nouveau membre : Héloïse, Seconde C. Telle une martyre biblique, ils l'entouraient de leurs ailes.

En traversant la cour, je m'étais pourtant faite discrète.

« Elle est revenue !

– On *nem* pas ! »

Leurs rires gras ont créé un écho sournois jusque sous le préau.

« Planquez vos affaires !

– Elle nous a fait croire qu'elle était chinoise, mais, en vrai, c'est une Arabe ! »

Les rires ont repris de plus belle.

Le nœud que j'avais au fond du ventre s'est transformé en une boule de feu.

J'ai hurlé :

« Vos gueules ! Je vous EMMERDE ! »

Et même si on m'avait toujours dit : « On n'éteint pas le feu par le feu », PUTAIN, ça m'a fait un bien fou. Relever la tête, soutenir leur regard, parler fort.

Ne plus fermer ma gueule.

Je ne serais jamais ma mère avec ses *non-sourires* polis.

Je ne serais jamais Oncle Deux, qui s'excuse au volant de son taxi.

Je ne serais jamais Kim-Ay, qui se montre ambitieuse pour ne contrarier personne.

Je ne serais jamais Asoy, qui veut se débrider les yeux.

Je ne serais jamais Tante Brigitte, qui a passé sa vie à imiter quelqu'un d'autre.

Je ne serais jamais Tata Meng, qui surjoue la Chinoise pour vendre plus de canards.

Je ne serais jamais Busaba, prête à se noyer dans la cascade de pellicules de son sauveur en échange d'un peu de confort.

Je ne serais jamais Grand-Mère, qui préfère vivre dans le passé.

Ce jour-là, j'ai décidé de devenir moi.

MISSING PEOPLE

Dans l'arrière-salle du restaurant, Grand-Mère avait aligné les plats du réveillon. Ils attendaient sagement sur une table à côté des corbeilles garnies de clémentines, de bonbons aux emballages scintillants et de graines de courge séchées. Les offrandes ne resteraient là que le temps de la prière aux ancêtres. La fumée d'encens montait au ciel, invitant les morts à festoyer autour du meilleur souper de l'année, avant que les vivants ne l'engloutissent.

Grand-Mère avait ouvert le bal des prières. Elle était restée longtemps les mains jointes, arc-boutée sur ses trois bâtonnets d'encens en éventail. Elle avait mis une blouse rouge vif qui portait encore les plis de la nouveauté. Ses yeux étaient clos si hermétiquement que son visage s'était crispé. Elle récitait en boucle, détachant lentement chaque caractère : « *Soeng fan sam hoeng, dak daai cing zing* 常焚心香, 得大清静 » (Que l'encens qui brûle apporte la paix).

Ma mère aurait dû officier en seconde position, en tant que fille aînée, mais elle n'avait pas voulu quitter sa caisse avant la fin du service, attisant le courroux de Grand-Mère. « Il ne restera bientôt plus aucune tradition qui rassemble encore notre famille ! Vous savez toujours trouver des impératifs plus cruciaux que l'harmonie du foyer ! Et *Mei Faa* ? Où est-elle ? »

Tout le monde savait que Tante Brigitte avait préféré passer la soirée avec ses amis de l'Église de la Grâce, qui étaient devenus sa nouvelle famille. Pour ne pas vexer Grand-Mère, on lui avait fait croire qu'elle était coincée dans les embouteillages.

Oncle Deux a remplacé ma mère devant l'autel et ajouté un bâton d'encens dans ses mains. Tata Meng a timidement pris sa défense sans contrarier davantage l'impératrice :

« C'est difficile de prendre un congé au Nouvel An… Le seul moment de l'année où il y a plus de Français que de Chinois à Chinatown… »

Les autres Oncles et Tantes avaient opiné du chef et le visage de Grand-Mère s'était radouci. Elle a continué à dérouler l'arbre généalogique par ordre d'ancienneté. Si les âges exacts lui échappaient, Grand-Mère connaissait sur le bout des doigts les signes astrologiques. Chaque membre de notre famille était associé dans son esprit à une épithète animale qui définissait ses traits de personnalité et sa place dans la file indienne.

Mon ventre gargouillait pendant que j'attendais mon tour. Les bâtonnets dans mes mains se consumaient, la cendre d'encens légère et terreuse tombait sur mes doigts. Elle ressemblait à s'y méprendre à la poudre d'argile que j'applique en masque sur mes boutons d'acné.

Arrivée seule devant l'autel, je ne savais même pas quoi demander aux ancêtres.

Je regardais fixement cette reproduction miniature d'une porte de temple en bois laqué, flanquée de ses bougies électriques à flamme rouge. J'y voyais surtout le dernier obstacle avant de pouvoir me gaver des gourmandises qui pullulent lors des célébrations lunaires.

Quelques jours avant le Nouvel An, Grand-Mère avait rapporté deux bottes de fleurs de prunier, aux hautes tiges sans feuilles, qu'elle avait arrangées dans un grand vase en porcelaine. Elle y avait accroché les traditionnelles enveloppes rouges comme des boules décoratives qu'on suspend aux branches du sapin de Noël. Sauf qu'à la place des rennes et des lutins paradaient les caractères *fuk* « 福 » ou *faat* « 發 », les idéogrammes de la fortune. Les bourgeons rose pâle s'étaient ouverts délicatement au contact de l'eau.

Un peu de fumée d'encens m'était entrée dans l'œil. On aurait pu croire que j'étais émue aux larmes devant les photos au-dessus de l'autel : des portraits en noir et blanc des gens de ma famille qui avaient disparu pendant la guerre : Grand-Père, la Tante Trois, Ling et Oncle Cinq.

Je ne les ai pas connus et personne ne m'en a jamais vraiment parlé. Leurs visages m'étaient aussi étrangers que ceux des statuettes sacrées qui les accompagnent : la première, un vieillard à la mine grave et barbichette blanche, une Vierge Marie chinoise assise en tailleur et un gros Bouddha radieux allongé sur des lingots d'or.

L'autel aux ancêtres était en réalité un énorme panneau d'avis de disparitions, surmonté de toutes ces photos d'inconnus qui furent un temps recherchés. Comme un *Perdu de Vue* spécial année 1975. Pendant longtemps, ces visages mystérieux m'ont effrayée. Petite, je sentais leur âme vagabonder le jour autour de l'autel, derrière les sourires figés sur papier. La nuit, ils venaient me hanter dans mes rêves. J'y croisais la Tante Trois, cette femme qui ressemblait étrangement à ma mère en plus jeune ; elle portait son bébé aux grosses joues, Ling, qui ne cessait de pleurer ; Oncle Cinq, un grand garçon en chemise militaire ; et Grand-Père, l'homme au crâne dégarni. Dans mes songes, j'avais le pouvoir de remonter le temps et de retrouver leur trace, tantôt perdus dans des tranchées ou errant sur les plages du Débarquement. C'était tout ce que je connaissais de la guerre. Je voulais leur demander ce qu'ils avaient vécu. Était-ce si horrible ? Avaient-ils eu peur ? Étaient-ils morts dans des souffrances indicibles ? Ainsi que le silence des rescapés le laissait croire. Mais je me réveillais toujours avant qu'ils ne me répondent. Même dans mes cauchemars, mes questions restaient sans explications.

Un seul portrait manquait sur l'autel aux ancêtres : celui de mon père. Pourtant, comme les autres, la douleur de son absence parmi les vivants était tue. On ne remue pas le couteau dans la plaie encore fraîche, toujours fraîche, malgré les réveillons lunaires qui se suivaient inéluctablement les uns après les autres.

Au-dessus de l'autel, la fumée d'encens s'épaississait en montant, enveloppant les photos d'un halo, ou d'une muraille impénétrable, et jaunissait les recoins du faux-plafond.

Sentant le regard de Grand-Mère s'impatienter, j'ai salué trois fois. J'ai planté mes bâtonnets fumants dans le pot rempli de grains de riz, en évitant de me brûler au passage. Du bout des lèvres, j'ai murmuré : « *Gung hei faat coi* 恭喜發財 », le « bonne année » en cantonais (même si littéralement ça se traduit « souhaits de prospérité »).

Si seulement j'avais demandé aux morts de veiller sur la santé de ma mère plutôt que sur son chiffre d'affaires.

Le son des pétards en provenance de la rue m'a fait sursauter. Je me suis précipitée dehors. Ça venait de commencer ! Je ne voulais pas rater ça. Aux crépitements à la chaîne ont succédé les gongs des cymbales et les percussions qui rythment la danse du lion.

C'était le seul rituel que ma mère observait encore : la danse du lion est censée chasser les mauvais esprits, mais c'était surtout pour amuser ses clients qu'elle l'organisait.

« C'est magnifique, vraiment, vos coutumes d'ailleurs nous ouvrent l'esprit ! »

Malgré le côté folklorique, je ne me lassais pas de cette tradition qui me renvoyait en enfance, sur les épaules d'Oncle Deux, d'où j'observais avec le même émerveillement cette chorégraphie magique.

Devant la vitrine de l'*Extrême-Orient*, la troupe de danseurs s'agitait. Vêtus de pyjamas en soie colorée, les corps remuaient énergiquement sous les têtes de lion en papier mâché. Les figures spectaculaires s'enchaînaient sur les installations en métal de plusieurs mètres de haut, semblables à des échafaudages. Le public poussait des « ohhh ! » et des « ahhh ! ».

J'ai tout de suite reconnu la silhouette filiforme d'Asoy et ses gestes précis et saccadés en symbiose avec ceux de son chéri, Hoa, le leader de la troupe. Leur numéro a été rodé et répété maintes fois dans la salle principale du centre culturel taïwanais. À chaque fois qu'Hoa propulsait Asoy vers le ciel, le lion se dressait sur ses deux pattes arrière. Je les imaginais en sueur sous les costumes, comme les couples qui dansent le rock'n'roll acrobatique dans les concours sur TF1.

J'ai rejoint Kim-Ay à l'autre bout du trottoir, qui prenait des photos de sa jumelle. J'en ai profité pour allumer une clope. La fumée des pétards s'était à peine dissipée, on n'y voyait que du feu.

Mais, un instant, j'ai cru voir ma mère derrière la vitre du restaurant, la tête entre ses mains, appuyée sur un mur, reprenant son souffle. Mon cœur s'est emballé, j'ai caché ma cigarette dans mon dos. Heureusement, je me suis vite fondue dans la foule.

Le duo Asoy-Hoa avait grimpé tout en haut des échafaudages. Après un finale des plus éblouissants, le lion a mis dans sa gueule la batavia accrochée par un fil rouge à l'enseigne lumineuse « *restaurant chinois* ». Le show était terminé. Le public a applaudi, les danseurs ont tiré leur révérence et les clients sont retournés à leur table.

« Chi Chi, t'es chiante ! T'as fait un double nœud à la salade ! Ça m'a pris un temps fou pour le défaire.

– C'est pas drôle si c'est trop facile, non ? »

Sous son costume de félin, Hoa était en tee-shirt. Ses biceps étaient contractés après l'effort. Je les ai étudiés pendant qu'il démontait les installations. Asoy lui épongeait jalousement les tempes avec une serviette, comme si c'était un boxer qui venait de remporter le combat du siècle. Corentin, toujours le seul Blanc de l'équipée, expliquait à un passant que leur gestuelle s'inspirait de l'école du Lion du Sud, proche du style de la Montagne du Bouddha.

« Faut pas confondre avec la danse du dragon, ça n'a strictement rien à voir ! Mais alors, rien du tout ! »

Ma mère était sortie distribuer des briquettes de lait de soja *Yeo's* aux danseurs. Elle leur avait aussi remis des *lai see* 利事, les enveloppes rouges qui contiennent les étrennes de l'année.

« Merci beaucoup ! Mais Tata ? Tu as froid ! Tu grelottes !

– Mais non, mais non, ne vous inquiétez pas, les enfants. »

Kim-Ay et Asoy m'ont prise à part, avec des mines inquiètes :

« Ça va pas, ta mère ? Elle fait une drôle de tête !

– Tu t'es encore fait engueuler ?

– Bah, non, pas ce soir…

— Ta mère m'a mis des *Tickets-Restaurants* périmés dans mon *lai see* 利事 !

— Te plains pas, Kim-Ay, au moins t'as eu quelque chose. Moi, j'ai rien eu, cette année. Pas une seule enveloppe rouge.

— Tu t'attendais à quoi, Chi Chi ? T'as fait quelque chose de grave, on t'a renvoyée de ton lycée qui coûte les yeux de la tête et tu veux un cadeau ? Il manquerait plus que ça ! »

J'ai fait la bise aux copines, en partance pour leur dernière représentation de la soirée. De retour au restaurant, je suis repassée devant l'autel : les plats en sauce n'avaient pas bougé. Le bar aux herbes vapeur, la soupe aux algues et abalones, l'assiette de langues de canard attendaient toujours leur sort.

« Bon, c'est quand qu'on mange ? »

Tata Meng, qui était en train de discuter avec d'autres Tatas, a saisi l'occasion pour m'afficher devant toute l'assemblée.

« Tu ne penses vraiment qu'à manger ?!

— C'est vrai, Chi Chi, t'as encore grossi !

— *Hek siu di* 吃少啲, mange moins.

— Merci, Tata, ça fait plaisir.

— Tu te rappelles quand tu étais petite ? Tu aimais tant manger à la cantine que les dames de service t'avaient surnommée l'aspirateur ? Tu remplissais tes poches de pain et elles croyaient qu'on ne te nourrissait pas chez toi. Ta mère avait eu tellement honte !

– Fais attention à ta ligne si tu veux trouver un mari un jour.

– Pas besoin, Tata, j'intéresse déjà les garçons telle que je suis.

– Toi, tu intéresses les garçons ? Mais quels garçons ? »

Le brouhaha des commérages s'était atténué. Ma mère s'était postée devant l'autel, ses mains jointes en prière.

D'où j'étais assise, je la voyais d'abord bouger les lèvres. Ses bâtonnets d'encens arrivaient presque à la hauteur des photos. Leur fumée s'en allait chatouiller les narines des statuettes et des défunts sur papier glacé.

Ma mère a arrêté brusquement de remuer ses lèvres.

La cendre de ses bâtonnets d'encens tombait dans les plats. Elle tombait sur les nouilles de longévité, sur les raisins de la fertilité, sur les clémentines de la prospérité.

Son corps frêle avait vacillé un peu avant de s'abattre sur le carrelage froid du restaurant dans un bruit sourd. Dans sa chute, elle avait entraîné la nappe rouge et la farandole de plats auspicieux dans un fracas abominable.

Seules les photos au-dessus de l'autel n'avaient pas bougé.

C'était comme si elles regardaient.

Elles observaient l'une des leurs.

Elles attendaient probablement le moment où il faudrait faire de la place à ma mère, parmi elles, là haut, au-dessus de l'autel.

MÉLODIE AMÈRE

« L'accès aux services de réanimation est interdit aux personnes âgées et aux enfants de moins de quinze ans. »

Ils m'ont demandé mes papiers. Je fais beaucoup moins que mon âge.

Tante Brigitte, qui nous avait rejoints en catastrophe, a raccompagné Grand-Mère. « Je reviens dès que je peux. » Oncle Deux les attendait en bas dans son taxi.

Je suis restée seule dans la salle d'attente. Le néon au-dessus de moi clignotait toutes les cinq secondes. Sa lumière jaunâtre me donnait un teint blafard. J'avais aperçu mon image en reflet dans la vitre de la machine à café. Elle était fêlée.

Un homme y avait mis des pièces. Quand il avait réalisé que son argent était perdu, il s'était énervé et avait tapé dedans à coups de pied.

Une femme en uniforme médical était venue :

« Je ne peux rien faire pour vous, là, maintenant. Mais nous le signalerons à l'entreprise qui s'en occupe. »

Elle avait scotché une affiche « EN PANNE » sur la vitre en maugréant que ça ne figurait pas dans sa fiche de poste.

Ça m'a rappelé ce que ma mère disait des fonctionnaires. « Ils n'arrêtent pas de se plaindre, ils ne se rendent pas compte de la chance qu'ils ont ».

C'est à peu près ce que je ressentais à ce moment-là. Moi qui m'étais plainte de ma mère à longueur de temps.

« Attendez ici. Quelqu'un viendra vous chercher. »

La chaise en plastique orange me faisait mal aux fesses. Il y avait un jeu télévisé sur l'écran. Un des participants, originaire du Gers (32), avait gagné une thalassothérapie en Bretagne. L'animateur offrait à un téléspectateur l'occasion de décrocher le même lot en donnant la bonne réponse à la question qui s'affiche « en bas de votre écran ».

Après un temps interminable, après la fin des jeux télévisés, du 20 heures et même du film du soir, une autre jeune femme, cette fois en tenue rose à liseré blanc, était apparue devant moi. Elle avait des yeux noisette et portait des *Crocs*. Sa chaussure droite était ornée d'un pin's *Minnie Mouse*.

« Vous êtes de la famille de Madame Chan ?

– Oui.

– Suivez-moi, s'il vous plaît. »

Son haleine sentait le tabac froid. L'étiquette brodée sur son buste indiquait « Mélodie ». Mélodie m'a emmenée vers des portes battantes, puis d'autres portes battantes, après d'autres couloirs blanc sale et d'autres néons qui clignotent. Je marchais deux pas derrière elle, fixant sa queue de cheval haute, enserrée dans un chouchou. Elle fouettait l'air d'un côté puis de l'autre, comme les joggeuses du dimanche matin.

Devant une porte close marquée « ACCÈS INTERDIT AU PUBLIC », Mélodie a fait glisser son badge. La porte s'est ouverte. Elle m'a tendu un masque médical, une blouse en matière très légère qui s'attache par l'arrière et des surchaussures en plastique. Il ne manquait plus que le scaphandre et j'étais prête à m'immerger *vingt mille lieues* sous les maladies infectieuses.

Je me suis frotté les mains avec deux pschitts de gel hydroalcoolique *Aniosgel 85 NPC 500 ml*. Sur le flacon vissé au mur, il était indiqué : *« Répond aux critères de validation des produits efficaces contre le virus Ebola. »*

Tout le service sentait le gel hydroalcoolique. Les évaporations biocidiques avaient imprégné les sols, les murs, les meubles et les gens.

Des machines bipaient de toutes parts comme un orchestre électronique. Je ne détachais pas le regard du dos de Mélodie, de sa blouse rose au liseré blanc et de sa queue de cheval.

Mélodie a freiné net et j'ai pilé. J'ai pris sa blouse dans la figure.

« C'est là. Le médecin ne va pas tarder. »

J'ai vu le corps de ma mère, frêle et immobile, étendu sur le lit. Ses bras et ses jambes étaient sanglés sous le drap, formant une sorte d'Homme de Vinci. Des fils traversaient les bras nus et les perfusions avaient laissé des bleus sur la peau, là où ils avaient cherché les veines.

Elle a les veines fines.

J'ai fixé ses mains. Elles étaient striées de crevasses profondes, si profondes qu'elle n'avait jamais tenté de les réparer.

C'est rien, c'est à cause du travail au restaurant.

Une poche pendait sur le côté du lit. Des tuyaux la reliaient à des machines avec des écrans. Toutes les sept secondes, la machine qui maintenait ma mère entre la vie et la mort faisait un bruit plus haut et strident. *Si si si si sol / triolet croche croche.* Je l'ai su dès la première écoute : mes années de solfège avaient transformé ces sons stridents en une mélodie amère.

Son visage était caché sous un masque à oxygène. Ses paupières étaient scotchées par des bandes adhésives, sous des sparadraps blancs.

Ama.

Ça ne peut pas être vrai.

C'est un mauvais rêve, tu vas te réveiller.

C'est un petit choc. Tu vas ouvrir les yeux, revenir à toi.

Une amnésie temporaire, rien de grave, rien qui ne dure plus d'un épisode de la série *Urgences*.

Je me souvenais du personnage d'*Abby Lockhart*. La sympathique infirmière préconisait de toucher les patients dans le coma et de leur parler parce qu'ils pouvaient tout sentir et entendre.

J'avais envie de serrer la main rugueuse et sèche de ma mère.

Ama, c'est moi, c'est neoi neoi 女女, je suis là.

Mais aucun mot n'est sorti de ma bouche.

L'interne est venue. Elle paraissait à peine plus vieille que moi. Je croyais que les médecins avaient tous des cheveux blancs et des barbichettes comme le Docteur Phan. L'interne a dit : « Si elle se réveille, la rééducation sera longue. »

Si elle se réveille ?

Une autre femme s'est approchée. Sur sa blouse bleu clair au liseré bleu foncé, l'étiquette était marquée « Dolores ». Comme la femme du détective privé dans *Roger Rabbit*.

« Je vais devoir vous poser quelques questions pour son dossier. Née le 1er janvier 1955 à… Oh là là… Comment ça se prononce ? Phnom… Phnom Penh… Cambodge… c'est ça ? »

Ce n'était pas la vraie date de naissance de ma mère, juste celle « pour les papiers ». Je n'ai rien dit à Dolores. J'ai juste fait un *non-sourire* pour confirmer la version officielle des faits.

« Votre mère s'est-elle plainte d'un malaise avant l'incident ?

– Euh… non… je ne crois pas…

– Souffre-t-elle d'hypertension ou de diabète ?

– …

– A-t-elle des antécédents médicaux, des allergies à des médicaments ?

– …

– Des interventions chirurgicales ?

– …

– Savez-vous à quoi correspondent les cicatrices sur son abdomen ?

– Euh… non, je ne sais pas. »

J'avais déjà remarqué les cicatrices sur le ventre de ma mère alors qu'elle sortait de la douche. Gênée, elle s'était enveloppée dans sa serviette.

Les cicatrices sur son corps sont, pour moi, aussi mystérieuses que son passé.

BOULETTES

Dans le panier de fruits, la moisissure gris-vert gagnait du terrain de jour en jour. La peau des clémentines flétrissait, les longanes en grappe se ridaient sur leurs tiges, le fuchsia du fruit du dragon semblait moins flamboyant. Les pétales de fleurs de prunier étaient tous tombés, formant une sorte de tapis en pot-pourri.

Ces fruits *exotiques*, importés par avion, comme ma mère, me donnaient l'impression de mûrir trop vite, comme moi. C'est peut-être juste parce qu'on ne voyait pas le temps passer.

« Mangue de Thaïlande, combien le kilo ? *Aiya !* Les gens sont fous, *ci sin* 黐線 ! Avant, on avait des manguiers dans notre jardin, il me suffisait de tendre la main pour les cueillir. »

Ci sin 黐線 signifie que les fils là-haut se sont emmêlés.

Maintenant, c'était au tour des circuits du cerveau de ma mère d'être en vrac.

Quant à Grand-Mère, elle semblait ne pas voir les fruits du panier sur le point de pourrir. D'ordinaire, elle est si diligente à les arranger telle une nature morte, disposant les candidats les plus mûrs au premier plan.

Grand-Mère passait désormais ses journées à prier. Elle priait toutes les divinités dans l'espoir d'en voir au moins une répondre à ses appels. Même *Xian Long*, le dompteur de dragons, qui n'avait rien à voir dans notre affaire, et *Chang Mei* aux longs sourcils. Elle priait aussi *Wa Er*, l'arhat qui se nettoie les oreilles, peut-être qu'il entendrait mieux ses invocations désespérées. À force de se lamenter en boucle, son corps s'était tassé : « *Aiya* ! Qu'ai-je donc fait pour mériter ça ?! »

J'avais scotché une affiche « FERMETURE TEMPORAIRE » sur le rideau de fer de l'*Extrême-Orient*.

Je baissais les yeux quand je passais devant, car l'affiche semblait me demander chaque fois avec plus d'insistance : « Encore combien de temps ? »

Je n'avais pas de réponse.

Personne n'en avait, même pas les docteurs.

Ils ne faisaient que répéter : « On ne peut rien vous dire pour l'instant. C'est un accident vasculaire cérébral. Il n'y a pas de règles. »

J'allais tous les jours voir ma mère prostrée dans son lit.

Les machines à écran bipaient sans relâche les mêmes notes : *Si si si si sol / triolet croche croche*, qui se dessinaient sur des portées en courbes fluorescentes.

J'attendais.

On attendait.

Il n'y avait que ça à faire.

La famille se relayait à son chevet. Même des Oncles et des Tantes qui habitaient loin s'étaient déplacés.

Tout le monde sauf Oncle Deux, qui se bornait à déposer Grand-Mère en voiture sans jamais mettre un pied dans l'enceinte de l'hôpital.

Une aide-soignante m'avait pourtant dit : « Vous, les Asiatiques, vous êtes solidaires. » Elle s'appelait Geneviève et faisait partie de l'équipe de jour, travaillant en binôme avec Hatoumata.

Parfois, Geneviève et Hatoumata étaient rigolotes. Ça me changeait.

« Madame Chan, vous avez une famille formidable ! Faites-leur un coucou ! Madame Chan, vous m'entendez ? Hou hou ! Il est temps de se réveiller ! »

Geneviève avait une fille de mon âge. « C'est mieux d'avoir une fille. Les filles, ça s'occupe bien des mamans, comme vous ! On le voit, ici, dans le service. »

La première fois que j'avais vu Hatoumata, j'avais repéré ses *Nike Air Max 90* rose fluo qu'elle portait sous sa blouse. Pas des *Crocs*, comme ses collègues. « Vous ne me verrez jamais avec ces horreurs ! »

J'avais souri.

Hatoumata disait aimer mes cheveux. « Ah, qu'ils sont beaux ! me répétait-elle. Naturellement lisses, sans douleur, sans produits chimiques hors de prix qui donnent des plaques sur le crâne. » Moi, j'aurais échangé sans sourciller mes cheveux tristes et raplapla contre les siens, pleins de fantaisie et, surtout, de volume. Les shampooings les plus puissants du marché ne donneraient jamais un tel effet sur moi, surtout dilués à l'eau par ma mère. Hatoumata m'avait montré une photo de vacances où elle portait ses cheveux en halo autour de son visage. « Mais jamais au travail… Ma cheffe dit que ça fait pas sérieux. »

« Dis-moi, c'est ta Grand-Mère qui est venue tout à l'heure ?
— Oui.
— On n'a pas réussi à lui parler.
— C'est normal, elle comprend pas bien le français.
— Tu lui diras que c'est pas la peine d'apporter à manger ?
— À manger ?
— Madame Chan ne peut rien avaler dans son état. Tout passe par la sonde. »

Hatoumata m'avait montré du doigt le thermos à fleurs roses et bleues posé sur la table à roulettes. J'ai dévissé le couvercle et la vapeur m'était montée au visage : un mélange d'huile de sésame et de gingembre fraîchement coupé.

La soupe de riz aux boulettes de bœuf de Grand-Mère !

Son remède pour guérir les rhumes, les migraines, les indigestions. Petite, j'en mangeais souvent. Elle la faisait mijoter longtemps à feu doux dans sa cocotte, pour absorber toutes les vertus des ingrédients : les saint-jacques séchées venues de Hong Kong et les boulettes de bœuf haché qu'elle façonnait à la main. Grand-Mère espérait peut-être que sa recette miracle combattrait aussi les grands maux ?

J'ai ouvert le thermos et j'ai sifflé toute la soupe de riz.

En rentrant, je n'ai rien dit à Grand-Mère.

Je ne savais pas comment traduire « sonde » en chinois.

Grand-Mère a continué à apporter de la soupe de riz aux boulettes.

Et moi, à les manger.

LETTRES MORTES

« Allô ?
— Madame Chan ?
— Elle est pas là.
— Quand sera-t-elle joignable ?
— Vous êtes qui ?
— Monsieur Ristretto, principal du Lycée International.
— ...
— J'appelle au sujet des absences non justifiées de sa fille.
— ...
— L'absentéisme peut entraîner une procédure disciplinaire, et même aller jusqu'à l'exclusion définitive. »

Absences non justifiées.
J'peux pas, j'ai hôpital.

Quelques jours après le coup de fil de mauvais augure, une lettre du Lycée International était arrivée. Jérôme l'avait glissée dans notre boîte aux lettres, qui avait retrouvé toute son utilité depuis qu'il n'était plus question de pause café-nougat.

Je ne l'ai même pas ouverte.

De toute façon, l'exclusion était devenue mon dada.

Je me suis souvenue du proverbe préféré de Monsieur Ristretto : « Ce qui ne nous tue pas, nous rend plus fort. »

Dans le courrier du jour, il y avait une autre enveloppe : une lettre avec un tampon rouge « DERNIER RAPPEL ».

Je n'y comprenais rien.

Paniquée, j'ai appelé le comptable.

« Dernier rappel ! Avec majoration, en plus ! Il aurait fallu me la transmettre plus tôt.

— Bah, c'est que… on vient de la recevoir.

— Y'avait forcément un *premier* rappel, non ?

— …

— Écoutez, laissez tomber, au point où nous en sommes… Je vais demander un échéancier de paiement. Il n'y a pas le choix, vu l'état de la trésorerie de l'*Extrême-Orient*.

— Euh… C'est-à-dire ?

— Ça va être très compliqué… Si ça continue comme ça, on va droit vers le dépôt de bilan. Je sais bien que vous n'avez pas besoin d'entendre ça en ce moment, mais ce n'est pas une surprise… Votre mère avait dû vous en toucher un mot avant sa maladie ? »

L'état de la trésorerie ?
Dépôt de bilan ?

J'étais à mille lieues de me douter que le restaurant était en difficulté.

Je n'avais rien remarqué.

Pourquoi m'avait-elle caché ça ? Que m'a-t-elle caché d'autre ?

Ce jour-là, je suis allée lui rendre visite dans sa chambre d'hôpital. Comme tous les jours, la lumière artificielle éclairait son visage. J'ai fait courir mes doigts sur son front et ses joues creusées. Ses rides paraissaient plus marquées, ses cheveux plus blancs. Elle avait l'air si fragile.

J'ai serré sa main aride.

J'ai enlacé ses épaules menues.

J'ai senti des larmes couler de mes yeux.

Mes premières larmes depuis l'accident de ma mère.

Ama, *pourquoi tu gardes toujours tout pour toi ?*

MADELEINES

Les fruits du panier s'étaient glués les uns aux autres. Un jus visqueux avait suinté. Je les ai pris du bout des doigts en retenant ma respiration pour les jeter dans la poubelle.

J'ai levé les yeux et dévisagé longuement les portraits au-dessus de l'autel.

Pour une fois, j'avais quelque chose à leur demander.

« Je n'ai pas toujours été réglo avec vous, c'est vrai… Mais c'est pas de ma faute… En plus, si on réfléchit bien, je vous connais pas vraiment. Personne dans cette famille me dit jamais rien. S'il vous plaît, aidez *Ama*. Aidez-nous, s'il vous plaît. »

Juste à ce moment, quelqu'un a frappé au rideau de fer.

Toc, toc, toc.

Mon cœur a fait un bond.

Je n'ai pas peur des esprits, mais la fois où Oncle Deux m'avait montré des histoires de fantômes hongkongais en version piratée, j'avais fait des cauchemars pendant des mois.

Toc, toc, toc, à nouveau.

Je me suis approchée de la porte, un peu hésitante. Pas de bruit. J'ai relevé le rideau de fer à moitié. La vue de baskets rouges et d'un bas de survêt *Sergio Tacchini* a fini de me rassurer. Ce n'était pas un habit habituel pour un revenant.

« Nabil, tu m'as fait peur ! Ça va pas la tête ?

— C'est toi qui m'as fait peur ! Ça fait des jours que j'essaye de te voir, mais le restaurant est toujours fermé. Qu'est-ce qui va pas ? »

Qu'est-ce qui va pas ?

QU'EST-CE QUI VA PAS ?

J'entendais au loin ma mère répondre : « C'est rien, c'est rien, tout va bien, vous inquiétez pas ! »

La goutte d'eau qui fait déborder le vase.

Mes larmes sont montées comme une énorme vague, je ne pouvais plus les contenir. J'ai essayé de formuler des phrases, mais mes mots étaient entrecoupés de sanglots. Je voyais sur son visage effrayé qu'il ne comprenait rien.

« C'est…. C'est ma mère… elle… elle… et le restaurant… le restaurant…. c'est… »

Je me suis effondrée dans les bras de Nabil, recroquevillée contre son torse qui empestait le *Fahrenheit*. Mes larmes coulaient désormais à flots, sans interruption. Je secouais ma tête d'un côté puis de l'autre et elles se sont étalées, mélangées à de la morve, sur le coton peigné de son sweat, recouvrant d'un voile dense le S et le T entremêlés du logo *Sergio Tacchini*.

« Ma pauvre… qu'est-ce… tu… euh…

— …

— Tu… tu veux manger quelque chose ? Tiens, j'ai des biscuits sur moi… Une madeleine ?

— …

— Bon, OK… Viens avec moi, je sais ce qu'il faut faire. T'inquiète pas, Chi Chi, je vais m'occuper de toi. »

Je ressemblais à ces femmes désespérées, aux yeux gonflés et au nez écarlate, qui jouent les pleureuses professionnelles dans les films romantiques de Tata Meng. Devant ce genre de démonstration émotionnelle, elle grommelait :

« Qu'elle est indigne de se donner en spectacle comme ça ! Un peu de retenue, voyons. C'est notre culture, tout de même. »

PROMOTION CANAPÉ

Chez Nabil, ça sentait la bougie mal éteinte. Dans l'angle du salon, un canapé profond était entièrement recouvert de tissus à reflets brillants qui se finissaient en pompons. J'avais rarement vu un canapé aussi grand.

J'ai posé la tête sur un coussin en forme de boudin et je me suis endormie.

J'ai rêvé de canapé.

J'ai revu le canapé en cuir blanc que Tata Meng avait choisi pour sa maison sur plan à Lognes. Elle l'avait enveloppé d'une housse en plastique transparent qui colle à la peau. Ça crissait quand je m'y enfonçais, l'été, après avoir transpiré des cuisses.

Lorsqu'Oncle Deux avait pris livraison de cette pièce maîtresse de leur intérieur, j'étais là. Il avait garé sa *Mercedes* en plein milieu d'un parking vide, dans une zone industrielle. Tandis qu'il rabattait les sièges, j'observais le bitume à perte de vue autour du magasin. En guise d'enseigne, une banderole en PVC avait été accrochée au-dessus de la vitrine. Il y était écrit : « PORMOTION ».

J'avais signalé la faute d'orthographe au responsable. Mais Oncle Deux m'avait coupé la parole, avec sa voix chevrotante, celle qu'il prend quand il est embarrassé : « Ne faites pas attention ! Les enfants ! Ils disent que des bêtises ! »

Plus tard, dans la voiture, il m'en avait remis une couche : « Le patron m'avait promis un rabais sur le canapé d'exposition… Et toi, t'as failli tout faire capoter ! »

À mon réveil, j'ai trouvé un plaid tout doux sur mon corps. J'ai mis quelques minutes pour me souvenir où j'étais. Il faisait noir dehors. Des bruits de vaisselle et des éclats de voix me parvenaient d'une autre pièce. Une bonne odeur de cuisine embaumait l'atmosphère.

Je me suis levée et j'ai regardé par la fenêtre. La vue de Paris était superbe. Au loin, la tour Eiffel scintillait. Plus près, la tour Montparnasse et, en bas, la marée d'humains qui fourmille pour rentrer chez elle, au chaud, zigzaguant entre les lampadaires.

Nabil est apparu dans l'encadrement de la porte.

« Ça va mieux ? »

J'ai hoché la tête.

« Je vais dire à ma mère que t'es debout. »

Sa mère ?

J'allais rencontrer sa mère ?

Je n'avais pas eu le temps de voir son visage qu'elle s'était déjà précipitée pour me serrer dans ses bras. Elle portait une tenue traditionnelle pourpre brodée de fil doré sur l'encolure et les manches. Chacun de ses mouvements était agrémenté du son des textiles qui se frottent entre eux.

« Ma chérie, ne t'inquiète pas, on va s'occuper de toi ! Tu dois être affamée. Nabil, mets la table ! »

Nabil a ouvert le vaisselier en bois. Il a posé trois assiettes creuses autour du pot d'orchidées en fleur, au centre de la table, sur la belle nappe cirée. J'ai chuchoté :

« Elle fait quoi comme métier, ta mère ?
— Elle fait des ménages. Tu vois pas comme c'est nickel chez nous ? Pas un gramme de poussière nulle part ! »

J'étais abasourdie. Je croyais que Nabil allait me répondre un truc du genre « avocat, docteur ou ingénieur ». Je croyais que les intérieurs des gens qui font des ménages étaient pires que les intérieurs des gens qui tiennent des restaurants, faits de matelas posés par terre, de tabourets en plastique achetés sur les marchés et du bazar des choses dépareillées, données ou trouvées.

La mère de Nabil s'appelait El Khiatia. Pendant le repas, elle a beaucoup parlé. Nabil a beaucoup souri et, moi, j'ai englouti mon couscous royal sans demander mon reste.

« Ça te plaît ?

— Oui, madame, c'est délicieux.

— Pas de madame entre nous ! Appelle-moi Tata. »

Une Tata de plus, mais très différente de celles que je connaissais.

« Ce midi, on a fait le pot de départ d'une collègue, ils ont adoré mon couscous ! Tu viens ici quand tu veux, ma chérie. Si t'as faim, tu me dis, Tata prend soin de toi.

— Maman, tu es la meilleure cuisinière. À chaque fois, je te le dis, tu devrais ouvrir un restaurant !

— D'ailleurs, à mon travail, ils me demandent tout le temps de leur faire à manger. Les départs en retraite, en congé maternité, les démissions et même les licenciements ! Ma parole, c'est la vérité. Tata El Khiatia prend soin de tout le monde !

— Si seulement tes collègues goûtaient à ton bœuf bourguignon !

— Ça, c'est sûr, les collègues, ils croient qu'on mange du couscous tous les jours. Enfin, si ça leur fait plaisir… »

Après le dîner, Tata a débarrassé. J'ai proposé de l'aider, comme on m'avait appris à faire lorsqu'on est invité. Mais Tata a refusé.

« Ma chérie, toi, tu te reposes. Nabil, prépare le thé. »

Sur la table basse ornée de napperons crochetés, Nabil m'a servi du thé à la menthe dans une théière en inox doré tout droit sortie des *Mille et Une Nuits*. J'ai trempé mes lèvres. Le thé était trop sucré pour moi. Le thé des Chinois, à côté, c'est une carafe d'eau aromatisée.

On entendait sa mère s'affairer en cuisine tout en parlant fort au téléphone en arabe. Nabil s'est mis en tête de me montrer sa collection de films de Bruce Lee. Il connaissait des répliques par cœur et citait son mentor avec admiration : *« Je ne crains pas l'homme qui a pratiqué dix mille coups de pied une fois, mais je crains l'homme qui a pratiqué un coup de pied dix mille fois. »*

« Tu sais cuisiner le bœuf à la sauce huître, toi ? C'était le plat préféré de Bruce Lee.

– Non, je cuisine pas.

– Il avait même créé une méthode pour apprendre aux gens à manger sainement ! Tu te rends compte ! Un visionnaire, le gars !

– Bruce Lee est mort d'une maladie foudroyante, et toi, tu veux manger comme lui ?

– Pas du tout, c'était un complot ! Il a été assassiné !

– Mais bien sûr… »

Nabil s'était rapproché, lentement mais sûrement, de là où j'étais assise sur le canapé.

Puis il a posé sa paume sur ma cuisse.

J'ai sursauté.

« Arrête ! Tu fais quoi, là ?

— J'croyais que tu… que je… j'croyais qu'on était bien tous les deux…

— J'ai rencontré ta mère et mangé son couscous, c'est vrai, mais c'est pas notre nuit de noces, à ce que je sache ?

— Wow, wow, doucement… Qui te parle de mariage ?

— Tu m'as prise pour qui ?

— Mais calme-toi, Chi Chi ! »

Tata a passé une tête hors de la cuisine avec un sourcil relevé.

J'ai ramassé mes affaires à la va-vite, je suis passée en trombe devant elle et j'ai claqué la porte après un au revoir furtif. « Merci Tata, merci beaucoup, au revoir et à bientôt ! »

Je courais sur la Dalle des Olympiades. Le vent faisait valdinguer dans tous les sens les lanternes du Nouvel An encore accrochées aux lampadaires.

La brûlure de l'air froid dans mes poumons me donnait envie de vomir.

Ou était-ce le trop-plein de couscous ?

J'ai repensé à la fois où j'avais mis la main sur des pochettes de DVD piratés dissimulés sous les coussins du canapé en cuir blanc de Tata Meng. J'étais restée stupéfaite devant les images de femmes lascives et dénudées sur les photocopies de mauvaise qualité des jaquettes : *Massages avec finitions*, *Chattes Étroites* et *Chaudasses Asiates*.

Je les imaginais projetées sur l'écran plasma géant d'Oncle Deux. Le nombre de pouces était inscrit sur le coin en haut à gauche de la pellicule de protection qu'il n'avait pas enlevée.

Peut-être qu'Oncle Deux les regardait seul, dans son *sarong*, la jupe cambodgienne qu'il porte pour être à l'aise.

Peut-être que c'était pour ça que sa télécommande universelle était enveloppée d'une épaisse couche de cellophane.

Ou peut-être qu'ils les visionnaient en couple avec Tata Meng.

Le souvenir de ces jaquettes m'emplissait à la fois de curiosité et de dégoût.

J'aurais dû demander à Nabil s'il possédait lui aussi ces œuvres dans sa collection personnelle.

INTRAVEINEUSES

« Son état est stationnaire.
– C'est positif ?
– … Difficile à dire…
– Alors c'est une mauvaise nouvelle ?
– Pour l'instant, ses fonctions vitales ne sont pas affectées.
– …
– Son taux de saturation est stable depuis soixante-douze heures. On pourra probablement éviter une trachéite. »

Éviter une quoi ?

Ça m'énervait de ne pas comprendre. J'aurais pu dire à ce médecin : « C'est du chinois pour nous. »

Mais je n'ai rien dit.

Cela n'avait aucun sens : s'il nous avait parlé en chinois, on aurait probablement mieux compris.

Toute la famille s'était rassemblée dans la salle d'attente du service pour cette mise au point, qui n'en était pas une.

Toute la famille, sauf Oncle Deux, une fois de plus.

Muettes pendant tout le rendez-vous, Tata Meng et Tante Brigitte ont commencé à l'ouvrir après le départ de l'équipe médicale.

« C'est insupportable de la voir tous les jours allongée comme ça ! Qu'est-ce qu'ils espèrent, un miracle ?

— Ces docteurs français ne font rien ! Avec la médecine traditionnelle chinoise, ce serait différent... Ils ne la laisseraient pas à l'abandon, ils lui stimuleraient les points vitaux avec l'acupuncture.

— Mais, Sœur Meng, ailleurs, on ne soigne pas les pauvres de la même façon qu'on sauve les riches. Ailleurs, ma sœur serait déjà morte ! »

Elles m'énervaient encore plus à parler fort, comme ça.

Elles parlaient comme si elles ne se trouvaient pas dans un service de réanimation. Encore un peu et elles sortaient les pistaches et le set de *mah-jong*.

J'ai interrompu leur papotage.

« Moi, ce que je trouve insupportable, c'est surtout que son propre frère ne soit jamais venu lui rendre visite. Visiblement, ça dérange personne ? »

Les voix ont cessé.

Les yeux se sont tournés vers moi.

Le visage de Grand-Mère était devenu tout rouge.

« Qu'est-ce… Qu'est-ce que tu as dit, Chi Chi ?

— J'ai dit que moi, ce que je trouve insupportable, c'est surtout que…

— *Aiya* ! Tais-toi ! Tu dis n'importe quoi ! Ne parle pas de ce que tu ne sais pas. »

Tante Brigitte m'a intimé de me taire et a escorté Grand-Mère au pas de course en lui prenant le bras. Je savais qu'Oncle Deux l'attendait en bas dans son taxi, garé en double file sur le Boulevard de l'Hôpital, avec le moteur qui tournait et la radio qui pérorait.

À toute vitesse, j'ai tourné les talons dans l'autre sens et poussé les portes battantes avec mes poings. Si j'avais pu, je les aurais boxées !

Je me suis arrêtée au pied du lit de ma mère.

J'ai posé mes mains sur le métal froid des barreaux de protection.

J'ai fixé la perf d'eau saline qui tombait dans le goutte-à-goutte.

Plop, plop, plop.

Mes larmes, aussi, faisaient *plop, plop, plop*.

Au bout de longues minutes, j'ai senti une présence derrière moi.

« Tu es dure avec ton Oncle Deux. »

La grosse voix de Tata Meng.

J'ai essuyé mon visage du revers de ma manche avant de me retourner.

« Ah ouais ? C'est moi qui suis dure ? Qui n'est pas venu une seule fois à son chevet depuis le début ?

— Chi Chi… c'est… ce n'est pas aussi simple.

— Alors pourquoi il a bidouillé le compteur de son taxi ? Pourquoi il veut travailler plus ? Le travail, toujours le travail ! Le travail a volé la santé d'*Ama*, et lui… lui, il va droit dans le mur…

— Chi Chi, écoute-moi, je te dis que ce n'est pas aussi simple que tu le crois.

— Ah bah, je t'écoute, vas-y, explique-moi ! Parce que je comprends pas ! PERSONNE me dit jamais RIEN dans cette famille ! »

J'étais en train de hurler.

Mon cœur allait bondir hors de mes côtes.

Mes cris couvraient les bips des machines, résonnaient dans le couloir blafard.

« Chut ! Chut ! Calme-toi, Chi Chi… je vais t'expliquer…

— …

— Ton Oncle Deux… il… il ne supporte pas les hôpitaux.

— …

— Ça lui rappelle… trop de mauvais souvenirs… Depuis que ta mère est hospitalisée… il fait des cauchemars… toutes les nuits… il rêve qu'ils reviennent le chercher... il ne dort plus... C'est pour ça qu'il préfère travailler...

– Quels souvenirs ? Qui ça, "ils" ?

– ... Il n'aimerait pas que je t'en parle, c'est du passé.

– Ah ça non, alors ! Tu vas pas me resservir l'excuse du passé ! Ça suffit maintenant ! C'est quoi, ce passé qui nous empêche de vivre ?

– Calme-toi, Chi Chi...

– J'EN AI MARRE, Tata Meng, tu comprends ?

– ... Notre pays, le Cambodge... nous avons un passé douloureux, tu sais.

– Non. Justement. Je ne sais rien. »

C'était la première fois que j'entendais dire « notre pays, le Cambodge ».

Ma mère m'avait souvent dit : « Nous sommes des Chinois du Cambodge ».

Mais je n'avais jamais compris.

Pour moi, les Chinois, c'étaient les Chinois, point barre.

Le chinois était à la fois la langue du centre culturel, la cuisine du restaurant et la raison pour laquelle on m'appelait *Chinetoque*.

Chinois du Cambodge.

Sur ma mappemonde, je ne trouvais pas la région correspondante.

Le mot « diaspora » sonnait à mes oreilles comme une maladie tropicale.

Et « génocide », quant à lui, ne faisait pas encore partie de mon vocabulaire.

« Ton Oncle Deux... il a vu son petit frère mourir sous ses yeux. C'était pendant la guerre... Son frère, ton Oncle Cinq... c'était encore un enfant. Il avait ton âge.

– ...

– On vivait dans un camp de travail dans le Sud, vers la frontière. Tes Oncles travaillaient sur un barrage. Un barrage qui n'a jamais vu le jour... Que de gâchis... Ton Oncle Cinq a été blessé. Un accident, ils nous ont dit... Il avait perdu beaucoup de sang. Ils l'ont transporté à l'hôpital. Mais les Khmers Rouges... ils ne croyaient pas en la médecine. Ils l'ont transfusé avec de l'eau de coco. De l'eau de coco ! Tu te rends compte ! Que de gâchis...

– ... Et après ?

– ... Ils ont prévenu ton Oncle Deux que son frère allait mourir. Mais le temps qu'il arrive au campement médical... il ne l'a même pas reconnu. Il est mort dans ses bras... Que de gâchis... Tout ce gâchis... »

L'eau salée des yeux de Tata Meng faisait à son tour *plop, plop, plop*, et coulait sur ses lèvres en contournant son grain de beauté, au même rythme que le liquide de la poche qui pendait au-dessus du corps de ma mère.

GRELOTS

Oncle Cinq avait posé pour le photographe dans son uniforme d'école, une chemisette militaire avec des pattes aux épaules et des rabats aux poches. Les bords avaient été découpés aux ciseaux crantés.

J'ai touché son visage à travers le passe-partout en plastique du cadre *Ikea*. Une couche de poussière s'est collée sur mes doigts.

J'ai pschitté Oncle Cinq avec du *Ajax Triple Action* et je l'ai astiqué avec un chiffon sec.

Puis j'ai pschitté toutes les photos qui se trouvaient au-dessus de l'autel.

Après avoir fini mon ménage, j'ai mis tout le monde dans un sac de shopping. En traversant la Place d'Italie, je marchais vite, les cadres s'entrechoquaient à chacun de mes pas sur les pavés.

Je leur ai trouvé une nouvelle place de choix dans la chambre de ma mère : accrochées au-dessus d'un tuyau « oxygène » peint en bleu piscine et, surtout, jouissant d'une vue imprenable sur son lit. C'est pratique, un autel aux ancêtres mobile. Et beaucoup moins lourd qu'une stèle en marbre.

« Ce n'est pas une chambre funéraire, ici ! Descends ces photos immédiatement !
— Non, Grand-Mère, elles restent là.
— Quoi ?! Tu vas obéir, petite insolente !
— Ils seront mieux ici. Ils pourront mieux protéger *Ama*.
— Pourquoi tu poses toutes ces questions ? Qu'est-ce que tu cherches ? Ne fouille pas le passé, tu risques de le regretter ! »

À ce moment précis, Hatoumata et Geneviève sont entrées pour faire la toilette de ma mère. Grand-Mère et moi nous sommes tues, mais nos mains en grelottaient encore. Elle, de fureur, et moi, de lui avoir tenu tête.

« Alors, on a de la visite aujourd'hui, Madame Chan ? Voyez-vous ça, trois générations réunies sous le même toit, quelle chance vous avez ! Oh, et dites donc, c'est sympa cette nouvelle déco ! »

Notre présence ne les gênait pas. Geneviève a abaissé les barreaux du lit et Hatoumata a basculé ma mère sur sa tranche. Comme quand Grand-Mère soulève prestement les filets de poisson avec une spatule pour vérifier si c'est bien grillé en dessous.

Ensuite, tandis que l'une lui changeait la couche, l'autre essuyait son corps flasque et blanc au gant mouillé. Ses genoux et ses coudes étaient bloqués en angle droit.

Ça me dérangeait de voir ma mère nue. Pourtant, on avait déjà pris notre douche ensemble, pour faire gagner du temps à ceux qui attendaient leur tour de salle d'eau.

Mais, ce jour-là, je ne pouvais déloger mon regard de ses tétons en forme de grelots marron, des poils clairsemés de son pubis et des cicatrices sur son ventre.

Poser des questions.
Fouiller le passé.
Qu'y avait-il de mal à ça ?

JEUX DE LANGUES

« Pourquoi est-ce qu'on parle chinois, Tante Brigitte ?

– Bah, parce qu'on est chinois, pardi ! Quelle drôle de question, Chi Chi…

– Non, mais… Pourquoi on parle pas cambodgien ?

– Ah !… Si… On parlait khmer, avant, au Cambodge. Mais, entre nous, à la maison, on a toujours parlé chinois.

– Toi, tu sais parler cambodgien ?

– Oui.

– Couramment ?

– Évidemment, je suis née là-bas !

– Et *Ama* ?

– Oui, bien sûr, ta mère aussi.

– Et Oncle Deux, Tata Meng et Grand-Mère ?

– Oui, tout le monde ! On a peut-être un peu perdu avec le temps, mais… c'est comme le vélo, ça ne s'oublie pas.

— En fait, dans la famille, vous savez tous parler cambodgien, sauf moi. »

Tante Brigitte a fait une moue. La conversation était sortie de sa zone de confort. Alors qu'elle venait d'arriver dans la chambre de ma mère, j'ai bien cru qu'elle allait repartir dare-dare.

J'ai allumé des bâtonnets d'encens et prié devant l'installation « hors les murs » de notre autel aux ancêtres. Je promenais mon regard sur les photos, lentement, dévisageant tour à tour les portraits. Je me suis arrêtée sur le visage d'Oncle Cinq. Il m'est apparu presque vivant, ses traits n'étaient plus ceux d'un parfait inconnu. J'avais enfin réussi à percer son air mystérieux. Comme si l'énigme *Oncle Cinq* était désormais résolue et que le dossier de sa disparition pouvait être classé dans mon cœur.

Après avoir planté mes bâtonnets fumants dans le pot de grains de riz, j'ai passé le briquet à Tante Brigitte. Elle a jeté des regards angoissés vers le poste de soins. J'ai lu dans ses pensées.

« Y'a pas de malaise : elles s'en fichent.

— Hein… comment ça ?

— Bah, les aides-soignantes… Geneviève a dit que tant qu'on fout pas le feu aux rideaux, c'est pas son problème. Et Hatoumata, elle est avec nous. Elle dit que l'aumônier de l'hôpital devrait proposer un service de culte bouddhique. »

Rassurée, Tante Brigitte a alors allumé ses bâtonnets et les a levés au ciel en s'inclinant devant les photos.

J'ai vidé mon sac :

« Je sais tout. »

Tante Brigitte a tourné la tête, interloquée.

« Tout quoi… ?

— Tata Meng m'a tout dit.

— Comment ça… tout ?

— Absolument tout. Elle m'a raconté pour les cauchemars d'Oncle Deux, sa phobie des hôpitaux, et pour Oncle Cinq.

— Et pour le mariage forcé ?

— Comment ça, mariage forcé ?

— Non, rien… ! OUBLIE ce que je viens de dire…

— Qu'est-ce que… Tante Brigitte ? Tante Brigitte ! »

Il n'en fallait pas plus pour que Tante Brigitte détale en courant de la chambre.

J'ai cavalé derrière elle, en m'époumonant :

« Mais reviens ! Où tu vas ? Ça sert à rien de fuir ! Je te croyais de mon côté ! T'es pire que les autres, en vrai ! »

Le personnel de l'hôpital nous regardait curieusement tandis que je trottais après Tante Brigitte dans les couloirs. Je ne la savais pas aussi sportive en talons. Elle a pris l'ascenseur. J'ai poussé la porte des escaliers de service, dévalant les marches quatre à quatre, cramponnée à la barre. À chaque étage, je voyais le même petit bonhomme galopant après une flèche dans sa boîte verte « *issue de secours* ».

J'avais l'impression d'être dans l'un de ces films d'action où le héros est plongé au cœur d'une traque sans relâche, déjouant complots et stratagèmes, à la recherche de la vérité, toute la vérité, rien que la vérité.

La course-poursuite s'est stoppée net en bas de la descente. Derrière la porte coupe-feu, il y avait un trottoir. La lumière du jour m'a aveuglée quelques instants. J'ai cligné des yeux, croyant avoir perdu sa trace.

J'ai aperçu Tante Brigitte en train de fumer près des portes automatiques du bâtiment, adossée au mur. J'ai repris mes grandes enjambées vers elle. Mais, cette fois, elle est restée immobile à mon approche : elle avait renoncé à filer. Je me suis postée face à elle et j'ai repris mon souffle.

Tante Brigitte tirait sur sa clope comme une forcenée. En quelques taffes, la cigarette s'était consumée jusqu'au filtre. Elle a enchaîné avec une autre, l'allumant avec le mégot incandescent de la précédente, qu'elle a envoyé d'une chiquenaude loin dans le ciel.

« Passe-m'en une, steuplaît.

– Quoi ?! Tu fumes ?

– Arrête, tu sais très bien que je fume. Je me suis fait griller plein de fois par les Tatas qui viennent à ton salon. »

La première bouffée m'a un peu tourné la tête, après tous ces efforts.

« C'est à cause des Khmers Rouges. Ils n'avaient pas le droit de parler chinois sous Pol Pot. Sinon, on leur coupait la langue. Pour haute trahison. Ils pouvaient mourir à tout moment. Pendant des années, ils n'ont connu que cette peur. Après, ils n'ont plus voulu parler khmer. C'est pour ça que tu ne l'as jamais appris. »

Mes dimanches passés sur les bancs du centre culturel taïwanais, à répéter les sons sortis de la grande bouche de Wu Lao Shi, ont pris tout leur sens, d'un seul coup.

Le chinois est une langue d'avenir.

« Je ne devrais pas te dire ces choses, Chi Chi. Je n'ai pas vécu ce qu'ils ont vécu. J'étais déjà là, en France…

– Mais si vous me dites rien, comment je peux savoir ?

– …

– Si ça se trouve, *Ama* ne pourra plus jamais parler.

– Ne sois pas sotte, il faut garder espoir.

– L'aire du langage de son cerveau a été touchée… C'est à peu près la seule chose dont les médecins sont certains. »

Tante Brigitte a reniflé bruyamment. Puis elle a retiré ses chaussures, s'est accroupie au bord du trottoir, avec les fesses qui pendaient entre ses chevilles. J'ai eu un flash : elle avait un air de Grand-Mère, il ne manquait plus que les bassines de légumes. Je me suis accroupie à ses côtés. On devait avoir l'air fines, dans cette position, à fumer nos clopes sur le bord de la route.

« Le jour où Oncle Deux a épousé Tata Meng, il n'y a pas eu de cérémonie. Les bonzes, aussi, étaient interdits. Ils ont été mariés par un Khmer Rouge, le chef de leur unité de travail. Ça s'est passé vite. Ils portaient leurs haillons noirs. C'était dans un hangar, il y en avait des dizaines, comme eux. Ils ne se connaissaient pas. Ils se sont rencontrés pour la première fois ce jour-là. Ils n'ont pas eu le choix.

– Mais… mais, c'est horrible…

– C'était ça ou mourir. Le régime mariait les gens pour donner des enfants à la patrie. Il fallait obéir.

– Les pauvres… Ils s'aiment pas ?

– Ça dépend ce que tu entends par "aimer".

– Bah, l'amour avec un grand A ! Le Prince Charmant, tout ça ?

– Qui te dit que l'amour, c'est pas aussi survivre à la guerre… fuir… recommencer à zéro…

monter un commerce, acheter une maison… continuer à vivre… ensemble… Ça pourrait être ça aussi, l'amour, non ? On ne peut pas le savoir si on ne l'a pas vécu… »

J'ai repensé à toutes les fois où Oncle Deux était revenu les mains pleines de DVD de films à l'eau de rose achetés à son vendeur à la sauvette de l'Avenue de Choisy.

« T'as encore acheté des choses inutiles !
– C'est pas pour moi ! C'est pour toi, Meng ! »
Coup de foudre à Notting Hill, Un mariage trop parfait, Love Actually.

Des scènes de mariages joyeux, avec des robes et des fleurs, des vœux poétiques, célébrés en musique et bénis par la famille.

Je devinais ces *happy ends* portés sur leur écran géant bien protégé, admirés depuis leur canapé tout confort, leur révélant toute la magie du cinéma.

TUK TUK

Il pleuvait des cordes. Les gouttes d'eau ruisselaient le long des barrières en fonte de la station Saint-Marcel. J'attendais, tapie dans la bouche de métro, l'arrivée de la vieille *Mercedes* d'Oncle Deux.

Elle s'est arrêtée à la station de taxis, à hauteur du feu. Grand-Mère a ouvert la porte arrière et s'est pressée vers l'entrée principale de l'hôpital, tenant son parapluie d'une main et son thermos à fleurs roses et bleues de l'autre. Je me suis engouffrée dans la voiture, sans qu'elle me voie. Oncle Deux n'avait pas eu le temps de verrouiller ses portes que j'étais déjà installée dans son intérieur cuir.

« Ah non, fermé, désolé…
– Salut, Oncle Deux. »
Nos yeux se sont croisés dans le rétroviseur.
« Ah, Chi Chi. C'est toi. »
Oncle Deux ne s'est pas retourné.
Il y eut un silence.

Puis, il a appuyé sur un bouton de son autoradio. *Jacky Cheung, Le Best Of* a comblé le vide.

Oncle Deux a posé lentement ses deux mains sur la portion en ronce de noyer du volant et a mis son clignotant.

La *Mercedes* a décollé, prenant de la vitesse sur le Boulevard. Les essuie-glaces fonctionnaient à plein régime.

Accroché au rétroviseur, le sapin désodorisant à la senteur « noix de coco » se tamponnait avec le gris-gris rouge pétard en nœuds chinois. Quand je croisais une voiture avec ce genre de porte-bonheur qui pendouille, je savais que le conducteur était asiatique. C'était obligé.

À l'intersection du quai d'Austerlitz, Oncle Deux a longé les berges. La Seine était en crue. Certaines voies avaient été interdites à la circulation.

« Parfois, il y avait tellement d'eau dans les rues de Phnom Penh à la saison des pluies… Les voitures et les cyclopousses étaient emportés par le courant… On ne pouvait même pas sortir de chez nous…

– Ah ouais ? Dingue ! Les giboulées de mars, à côté, c'est du pipi de chat ! »

Le visage d'Oncle Deux s'est détendu dans le rétroviseur.

C'était par le rétroviseur qu'il discutait avec les clients de son taxi. Il leur demandait : « Vous avez un itinéraire préféré ? » et leur parlait de la pluie et du beau temps. Sur sa licence de taxi, il était marqué « Jacques Sun Ho Chan ». Ses passagers félicitaient souvent « *Dac* » pour sa conduite plaisante. « *Dac* » ne s'énervait pas, « *Dac* » ne râlait pas. « *Dac* » restait impassible face aux impolitesses des chauffards parisiens.

« *Periph fluide* » était indiqué sur le panneau de signalisation mais ça roulait mal à cause des intempéries. Quai d'Ivry, on a pris la bretelle vers le nord.

Mais au lieu d'engager aussitôt son véhicule sur la voie de droite, comme le veut la priorité, Oncle Deux a ralenti et laissé passer plusieurs voitures.

« S'ils sont pressés, qu'ils y aillent. »

Sur le siège arrière, je l'observais laisser tout le monde lui passer devant. J'entendais presque sa devise s'élever dans l'habitacle : « *C'est la vie, c'est comme ça.* » Les voitures derrière lui étaient moins patientes. Il a levé sa main devant son rétroviseur pour s'excuser.

Il n'y a pas si longtemps, j'aurais pensé :

« Vas-y, là ! Fais-toi respecter, Oncle Deux, te laisse pas rouler sur les pieds ! »

Mais, maintenant, je savais.

Oncle Deux n'avait pas échappé aux Khmers Rouges pour s'agacer d'une entorse au code de la route.

Pendant des années, Oncle Deux avait vécu dans la terreur d'un régime politique sanguinaire. Il avait vu des camarades d'infortune partir pour ces camps de rééducation dont personne ne revenait. Il savait qu'on y torturait et qu'on y mourait. Il craignait pour sa vie, celle de ses proches, priait pour qu'ils en réchappent. Il avait en permanence cette peur au ventre d'être dénoncé, si on découvrait qu'il ne venait pas d'une famille d'ouvriers d'un village au bord du Tonlé Sap, comme il le prétendait, mais d'une famille bourgeoise de commerçants de la capitale.

Oncle Deux avait courbé l'échine dans les camps de travail pour cacher les traits de son visage qui trahissaient le sang chinois coulant dans ses veines. Il avait fermé les yeux pour ne pas faire de vagues. Il avait fermé sa bouche pour ne pas se faire remarquer.

Il avait compris que s'écraser, c'était survivre.

Maintenant je comprenais comment on pouvait s'écraser tout en restant digne.

Les paysages défilaient par la vitre. Porte Dauphine, des lapins se poursuivaient sur les pelouses aux abords du bitume. Jacky chantait *Dang nei dang dou ngo sam tung* 等你等到我心痛. Le samedi soir au restaurant, il y avait toujours des types bourrés qui massacraient ce grand classique du karaoké en postillonnant dans le micro.

Cela signifie : « Je t'attendrai jusqu'à ce que mon cœur ait mal. »

J'ai chantonné ces paroles que je connaissais sur le bout des doigts.

« Tu chantes bien... Tu tiens ça de ta mère. Elle aimait chanter, et danser aussi.

— Euh... *Ama*, chanter et danser ? T'es sûr qu'on parle de la même personne ?

— Ta mère ? Elle a fait partie du corps des apprenties danseuses du Palais Royal. Elle a dansé le ballet des Apsaras à Angkor Vat ! Quand le Général de Gaulle est venu au Cambodge, c'est elle qui lui a passé un collier de fleurs de frangipanier autour du cou... Tu ne le savais pas ? »

Ama, chanteuse et danseuse.
Tu ne le savais pas ?

Le *Best Of Jacky* est arrivé en bout de course. Le bruit précipité des essuie-glaces chassant l'eau de pluie du pare-brise semblait s'être accordé aux battements de mon cœur. J'ai posé la question qui me brûlait les lèvres :

« Comment il est mort, Grand-Père ? »

La Benz ronronnait sur la voie du milieu.

Oncle Deux n'a pas quitté la route des yeux.

« Personne ne le sait.

— ... il est mort où ?

– On ne sait pas non plus… »

Il y eut un autre silence avant qu'Oncle Deux ne reprenne la parole.

« Le jour où les Khmers Rouges sont entrés dans Phnom Penh, je m'en souviendrai toujours… On était à la boutique, avec ton Oncle Cinq, près de la station d'essence, sur le Quai Sisowath… On a regardé les soldats parader dans les rues… On savait… On savait que quelque chose était en train de se passer.

– … Vous avez fait quoi ?

– Ils nous ont dit de quitter la ville… Ils avaient des armes… ils ont vidé Phnom Penh… Alors, on est partis. On est partis… avec presque rien…

– Et *Ama* ?

– Ta mère était avec les autres à la maison. On n'a pas pu… On a été séparés.

– … Et Grand-Père ?

– Il avait pris la route la veille avec son frère, ton Grand-Oncle Kim, pour Kampong Cham, dans le Nord-Est. Ils devaient voir un entrepôt. On n'a jamais su ce qui est arrivé… où ils sont allés… où ils sont… Ils ont dû… ils sont peut-être morts sur les routes… »

PEUT-ÊTRE morts sur les routes…

Les yeux d'Oncle Deux étaient mouillés.

Il filait droit sur le périph.

« … Et ensuite ?

— Pourquoi tu as besoin de savoir tout ça ?

— Pour comprendre... parce que vous avez tout effacé...

— C'est la vie, c'est comme ça... Parfois, on doit accepter. Pour regarder en avant. Pour continuer à vivre.

— Bah, moi, c'est le contraire. J'ai besoin de comprendre toutes ces choses, pour continuer à vivre. »

Le sapin désodorisant et le porte-bonheur en nœuds rouges continuaient à gigoter, attachés au rétroviseur, entrelacés comme dans une danse de salon.

Après un silence, Oncle Deux a repris.

« On est sortis de Phnom Penh et on a marché. Longtemps, pendant des jours. Il faisait très chaud. On avait soif, il n'y avait pas d'eau, pas de nourriture. On allait vers le Sud parce qu'on nous avait ordonné de rejoindre une unité de travail là-bas... Il y avait des gens... beaucoup de gens qui tombaient... au bord des routes... ceux qui ne pouvaient plus marcher... »

On avait fait un tour complet de périph.

Oncle Deux a pris la sortie Porte d'Ivry et m'a déposée là où j'étais montée. La pluie avait cessé. Il est sorti de son véhicule et a enlevé la housse en cuir du sigle lumineux « *Taxi Parisien* ». Il portait ses tongs, avec des chaussettes blanches.

Je me dirigeais vers l'entrée de l'hôpital quand il m'a lancé :

« Préviens ta Grand-Mère qu'elle peut descendre. Ce soir, ça va rouler. »

CONTREBANDE

« Viens, j'ai du travail pour toi. »

J'ai suivi Grand-Mère dans la cuisine du restaurant. Il y faisait un peu froid. Emboîtés les uns dans les autres, les égouttoirs en plastique vides attendaient des légumes qui ne venaient pas.

Ça sentait exactement comme dans l'officine du Docteur Phan : une odeur de pharmacopée chinoise. D'une main tremblotante, Grand-Mère a versé un épais liquide noir de la bouilloire en terre cuite vers son thermos à fleurs roses et bleues.

J'ai demandé :

« Bah, elle est où, la soupe de riz aux boulettes ?

— Pas de soupe de riz aujourd'hui. Ça fait trois jours et trois nuits que je filtre ce breuvage. »

Grand-Mère m'a montré un grand pochon à zip contenant des bogues, des sortes de noix de Grenoble géantes, si fraîches que des feuilles à peine fanées étaient encore attachées aux tiges.

Elle les a soulevées à pleines mains, avec déférence, comme si elle détenait là la plante d'immortalité cueillie sur le flanc de la montagne sacrée. Alors que je savais qu'en toute probabilité ça venait d'une échoppe dans une ruelle sombre de Mongkok, encombrée de paniers géants tressés en fibre de bambou et d'étals envahis par des gélules « vitalité » à la gelée royale et des thés « miracle minceur ».

« Ça a l'air dégueu. C'est quoi ?
— C'est pour ta mère. »

Grand-Mère, qui ne traversait pas hors des clous et avait peur chaque fois qu'elle croisait des flics, avait joué au druide Panoramix en préparant une potion magique pour *Ama*, digne de *Nos ancêtres, les Chinois*.

Elle m'a demandé de la faire boire, à la barbe d'une armée d'infirmières qui n'avaient jamais vu ne serait-ce qu'un bulbe de ginseng de leur vie.

« C'est quoi là-dedans ? Ça peut être dangereux !
— Pas plus dangereux que leurs médicaments chimiques à noms latins ! »

J'ai eu beau essayer de l'en dissuader, Grand-Mère avait son regard résolu des jours invincibles.

Quand les portes de l'ascenseur se sont ouvertes sur la salle d'attente du service, un épisode de *Perry Mason* était diffusé sur l'écran d'angle.

J'aurais juré que l'accusé dans le box, c'était moi.

Intérieur, jour. Cour d'assises de Los Angeles.

Le Juge *(d'un air sévère)*

Levez la main droite et dites « je le jure ».

Moi *(en panique)*

Je le jure.

Le Juge

Comprenez-vous la nature des faits criminels qui vous sont reprochés ?

Moi

Oui.

Le Juge

Dites « oui, votre honneur ».

Moi

Oui, votre honneur.

Le Juge

Vous êtes accusée de contrebande de décoction médicinale et d'empoisonnement par sonde gastrique. Que plaidez-vous ?

Moi

Coupable, votre honneur.

Dans les couloirs de l'hôpital, tout était calme. Les équipes s'affairaient derrière la fenêtre vitrée du poste de soins.

Ma mère avait un air paisible.

J'ai embrassé son front. Un petit smack timide. Notre premier bisou.

« Ama, pardonne-moi… si ça foire. »
Si si si si sol/triolet croche croche.

Grand-Mère guettait, postée au bout du lit, près du rideau.

Il me fallait agir vite.

J'ai repéré la grosse seringue qui séchait, à côté du pilon.

J'avais déjà observé mille fois les gestes de l'infirmière quand elle passait les médicaments par le tuyau d'alimentation. Les cachets étaient d'abord broyés dans le mortier en bois. Le même mortier qu'on utilise au resto, en beau bois lourd avec des bords hauts. Grand-Mère y pilait énergiquement le gingembre pour parfumer l'huile du poulet à la vapeur.

Prenant une grande bouffée d'air, j'ai aspiré le liquide noirâtre du thermos dans la seringue, puis, tenant l'embout d'une main, j'ai dévissé le bouchon de la sonde, planté le bout de la seringue dedans et poussé le piston jusqu'au bout.

La sueur perlant aux tempes, j'avais presque accompli ma mission quand soudain, surgissant de nulle part, Geneviève a passé sa tête dans la chambre :

« Coucou, comment ça va, mesdames ?

– Ah ! Bon… bonsoir, je… »

PUTAIN DE MERDE

J'ai eu le temps de cacher la seringue dans mon dos.

Le thermos était resté grand ouvert sur la tablette.

C'EST MORT.

ON VA SE FAIRE GRILLER.

Mais c'est là que Grand-Mère a regardé Geneviève droit dans les yeux et a débité, d'un seul trait :

« Café chinois. Toi vouloir goûter ? »

J'étais sur le cul.

J'ignorais que Grand-Mère savait enchaîner autant de mots en français.

J'ignorais surtout que Grand-Mère était capable d'une telle ruse.

Les coins de ses lèvres étaient légèrement relevés. Elle faisait totalement corps avec son personnage. Si je n'avais pas su la recette véritable de ce « café chinois », je serais probablement tombée dans le panneau.

Pour Geneviève aussi, c'est passé comme une lettre à la poste.

« Sans façon, merci ! C'est très gentil, madame ! Mais je dois filer ! Ma fille m'attend pour le dîner. Bonne soirée, à demain ! »

Dès que Geneviève a tourné le dos, j'ai regardé Grand-Mère avec de gros yeux ébahis. Je l'ai regardée comme je ne l'avais jamais vue auparavant. Je venais de découvrir que mon aïeule, en réalité, ce n'était pas Panoramix, mais Jackie Brown.

K.F.C.
(Khmer Français Chinois)

« Le poulet a beaucoup de goût. Tu es sûre que tu n'as pas faim ? »

Je ne pouvais rien avaler. L'odeur de la friture me donnait la nausée.

Grand-Mère avait décapé ses *Hot Wings* au millimètre près et tous les petits os s'étaient empilés sur la table.

Où avait-elle trouvé autant d'appétit ?

Je ne pouvais m'empêcher de penser à ce que j'avais fait à *Ama*.

Qu'allait-il arriver maintenant ?

« C'est un produit naturel… *(bruits de mastication)*… pour réveiller le cerveau… *(bruits de mastication)*… Ils donnent ça aux malades en Chine.

– Et si ça marche pas ?

– Ça ne peut pas… *(bruits de mastication)*… être pire que d'attendre les bras croisés. »

Avant de quitter le *fast food*, Grand-Mère a raflé, d'une main habile, pailles, sachets de ketchup et une montagne de serviettes en papier.

Elle en faisait des petits tas, qu'elle posait un peu partout chez nous. Lorsque je me mouchais avec ces feuillets simples pure ouate de cellulose, la tête du colonel s'imprimait en transfert sur mes narines.

De la Place d'Italie, on est rentrées à pied, en silence. Grand-mère marchait lentement. Je tenais d'un côté le thermos à fleurs roses et bleues vide, et de l'autre, le reste d'ailes de poulet frit dans leur seau XL.

Sur l'Avenue de Choisy, le vent glacial soufflait encore plus fort au pied des immeubles. Je craignais qu'on ne s'envole comme des ballons de baudruche.

« Tu dois retourner à l'école. *Wai nei hou* 為你好. C'est pour ton bien.

— Même si je le voulais, on ne peut plus payer les frais de scolarité.

— Il faut rouvrir le restaurant.

— Sans *Ama* ? C'est impossible ! »

Tout à coup, la vision d'une silhouette cognant au loin sur le rideau de fer de l'*Extrême-Orient* nous a figées. Un boucan épouvantable avait amassé des passants devant le restaurant.

Mais qu'est-ce que c'est, encore ?

J'ai couru.

Le grondement de la grille métallique s'intensifiait au fur et à mesure que je me rapprochais. C'était un homme. Il tapait des deux paumes et criait en même temps des mots que je ne comprenais pas. Il était de dos, je ne voyais pas son visage.

« Stop ! Stop ! Arrêtez ! »

Pas de réaction.

J'ai balancé sur lui ce que j'avais entre les mains. Le thermos a ricoché sur le haut de son dos avant de s'éclater sur le trottoir.

L'homme s'est retourné, l'air ahuri. Je lui ai alors décoché le *bucket* à la figure. Le seau a explosé à son contact en projetant les ailes de poulet frit de toutes parts.

L'homme, de corpulence moyenne, avait la peau brune, un visage rond avec un nez haut, légèrement épaté. Bizarrement, il n'était pas contrarié d'avoir été la cible d'une attaque alimentaire.

Au contraire, il me souriait.

Il a fait quelques pas dans ma direction, les yeux écarquillés, les mains tendues en avant, comme s'il voulait attraper un chaton égaré.

« Srey ?!... Srey ?! »

J'ai reculé.

Ça veut dire quoi, Srey ? Pour qui me prend-il ?

À cet instant, Grand-Mère a déboulé comme une furie. Elle s'est propulsée de tout son long sur l'inconnu et a lui flanqué deux baffes monumentales. L'écho de la chair giflée résonnait dans l'air.

Clac clac.

L'homme, totalement sonné, n'avait pas eu le temps de s'en remettre que Grand-Mère tambourinait déjà sur son torse avec ses petits poings, le frappant sans retenue.

Bim bim bim bim.

Pris par surprise, tout comme moi, l'homme en est tombé à la renverse.

Il ne se défendait même pas.

Des spectateurs ont dû s'interposer pour les séparer.

Je n'avais jamais vu Grand-Mère dans cet état. Elle avait presque de l'écume aux lèvres. On aurait dit un croisement entre la vieille dame experte en arts martiaux dans *Ranma ½* et l'Empereur dans la scène finale du *Retour du Jedi*, avec ses yeux qui lançaient des éclairs : « *Sers-toi de tes sentiment agressifs ! Gzzzzzzt Gzzzzzt Gzzzzzzt !* ».

Il a fallu s'y mettre à plusieurs pour la retenir. Grand-Mère continuait à lui cracher au visage des mots que je ne comprenais pas.

Brutalement, j'ai réalisé que Grand-Mère était en train de crier en khmer.

Cet homme n'était pas un inconnu.

GRAIN DE RIZ

Le Conseil des Anciens, réuni en urgence, se tenait dans la cuisine du resto. Ils avaient fermé la porte, mais pas la fenêtre du passe-plat. J'entendais distinctement la voix de Grand-Mère, qui n'avait pas baissé en volume, entrecoupée de celles d'Oncle Deux et de Tante Brigitte, qui peinaient à en placer une.

« NON, c'est NON ! Il ne la verra pas. Toutes ces années, on a fait sans lui ! On continuera comme ça !

– Mais Mère, quand même, il est venu de l'étranger...

– Eh bien, qu'il y retourne ! Qu'il rentre chez lui, avec sa vraie famille, puisqu'elle a toujours compté plus que nous... On n'a pas besoin de sa pitié...

– Mère, calme-toi...

– Me calmer ? Mais comment pourrais-je me calmer ? C'est un TRAÎTRE !

– Mère, moins fort, il nous entend...

– Très bien, dans ce cas, qu'il m'écoute avec la plus grande attention ! Car je n'ai rien à cacher, moi ! »

Tata Meng était restée avec l'homme dans la salle, tous deux assis à la table quatorze. Lui, avait le regard baissé, et elle, le surveillait d'un air méfiant, comme un dangereux suspect en garde à vue.

Je les épiais, tout près, cachée sous la table onze. Ils m'avaient ordonné de rester à l'écart, mais hors de question que je batte en retraite.

Je l'avais attendu toute ma vie.

Je l'examinais sous tous les angles.

Il avait l'air doux.

Je l'avais vu tant de fois en rêve. Mais les contours de son visage se dissipaient au petit matin et il ne me restait de lui que son absence.

Je voulais capturer ses traits.

Pour ne plus avoir à écrire « père inconnu » sur un document administratif.

Si, je te connais.

La porte de la cuisine s'est entrouverte. Le Conseil des Anciens levait le camp.

« Et surtout… Surtout ne lui dites rien…

– Mais, Mère… c'est trop tard…

– … Non ! Je vous l'interdis ! »

Oncle Deux et Tante Brigitte sont sortis de la cuisine, un peu penauds. Je me suis ratatinée dans ma cachette. Tante Brigitte a dit quelques mots en khmer à l'homme. Il s'est levé pour la suivre, tirant derrière lui la poignée de son sac de voyage à roulettes *North Face*.

On l'aurait dit équipé pour faire l'ascension d'un sommet enneigé.

Ou peut-être qu'il avait prévu de faire le pied de grue devant le restaurant ?

Qu'importe, ça me plaisait de croire qu'il était venu de loin pour me rencontrer par tous les moyens.

Enchantée.

Oncle Deux et Tata Meng ont fermé la marche et tiré le rideau de fer derrière eux.

La salle est retombée dans le silence après leur départ.

Je n'osais pas bouger. J'entendais Grand-Mère faire des trucs en cuisine, mais je ne savais pas quoi. J'ai senti une odeur d'encens. Elle priait. Des petits couinements d'animaux sont parvenus jusqu'à moi, comme des cris de souris. Est-ce que Grand-Mère pleurait ?

« Grand-Mère ? Ça va ?

– … Depuis combien de temps tu es ici ? »

On aurait dit que le ciel venait de lui tomber sur la tête.

« *Aiya !* Rien ne tourne rond sur cette terre ! Toi, tu as abandonné tes études… ta mère, elle est malade… ton Oncle Deux, il n'a pas d'enfant… ta Tante *Mei Faa* est seule… Et ce… ce fantôme qui revient nous hanter ! Qu'ai-je bien pu faire au Ciel pour mériter ça ?

— ...

— Mes enfants sont emportés un par un, et moi, je reste là. La mort ne veut toujours pas de moi ! *Sei bat heoi* 死不去. »

Je voyais des larmes rouler le long de ses joues ridées, dessinant des lignes sinusoïdales, comme la traînée des escargots quand ils sortent après la pluie.

Elle est restée immobile un temps, repliée sur elle-même. Et puis, d'un seul coup, Grand-Mère a bondi sur ses pieds.

« Tu as faim ? »

Sans attendre ma réponse, elle a sorti du frigo une boîte à glaces *Carte d'Or* parfum « *Éclat de Pistaches* » (le contenant idéal des restes de la veille). Pendant que la soupe de riz réchauffait dans une casserole, elle a ciselé quelques brins de coriandre sur une rondelle de tronc d'arbre qui fait office de billot. Puis, elle a saupoudré le tout d'un peu d'ail frit et terminé son dressage d'un trait de condiment *Maggi*. En deux temps, trois mouvements, un bol en porcelaine « *grain de riz* » fumant s'était retrouvé sous mon nez.

« Mange. »

J'ai porté mécaniquement la cuillère à mes lèvres.

« Puisque tu es si curieuse, sous Pol Pot, si tu veux tout savoir, on devait se partager la quantité d'un bol comme celui-ci entre tous les membres d'une famille. À peine quelques grains de riz par bouche…

– … *(Bruits de mastication coupables.)*

– Ça, c'était quand on avait de la chance. Sinon, on ne mangeait pas. La plupart du temps, on avait faim. Pendant toutes ces années, on a eu faim, jour et nuit.

– …

– Ta cousine n'a pas eu cette chance… la jolie petite Ling, la fille de ta Tante Trois… Elle était du signe du Tigre, avec beaucoup de bois dans son caractère. Elle n'était encore qu'un bébé… Elle n'avait plus de forces. Elle ne grandissait plus. Seul son ventre enflait. Parfois, on se privait, les adultes, pour lui donner notre part. Ta mère apportait des racines qu'elle cueillait dans la forêt… Ta Tante Trois décollait des sangsues qui s'accrochaient à ses chevilles dans la rizière pour que la petite mange un peu de viande… Mais ça n'a pas suffi…

– …

– Un jour, Sovann l'a vue… Il a eu pitié de Ling. Il voulait nous aider. Sovann travaillait dans la cuisine de la coopérative, il nous apportait en secret des rations supplémentaires. Mais il a été dénoncé et puni… Et la petite… elle est partie peu après... Elle s'est endormie un soir et ne s'est plus réveillée... Ta Tante Trois ne s'en est pas remise... elle s'est laissée mourir ... Une mère, ce n'est pas fait pour enterrer son enfant... Non, non... ce n'est pas dans l'ordre des choses. »

J'ai fini toute la soupe de riz. Pas un seul grain ne restait.

« *Ne pas gâcher.* »

Grand-Mère avait toujours été très stricte là-dessus : elle disait que les grains de riz restant au fond de mon bol se transformeraient en cratères sur mon visage. J'avais fini tous mes bols de riz, terrifiée par l'acné et les publicités pour « peaux à problèmes » (*Ama* avait refusé que je prenne *Roaccutane* à cause de la pilule).

Moi qui n'avais pas connu la faim autrement qu'à travers des régimes amincissants, je ne pouvais mesurer combien le gâchis d'un seul grain de riz était insupportable pour Grand-Mère.

Maintenant je savais.

Chaque grain de riz gaspillé lui rappelait la détresse de sa petite-fille disparue.

« Grand-Mère, qui est Srey ? »

Elle a planté ses yeux au fond des miens.

« Srey était le nom cambodgien qu'avait pris ta mère sous Pol Pot.

– Un faux nom ? Mais pour quoi faire ?

– Pour vivre. »

Il me restait une question, la plus importante.

« Qu'est-ce qu'il voulait, l'homme qui était là aujourd'hui ?

— Surtout, ne laisse pas Sovann t'approcher… Il va te décevoir… »

Sovann… Quel beau prénom.

J'avais mille autres questions en attente, mais, avant que je puisse dégainer à nouveau, le téléphone nous a coupées. J'ai attendu le plus longtemps possible, avant d'aller décrocher le combiné, à reculons. J'avais toujours détesté cette sonnerie désagréable qui m'envoyait en livraison à perpète, et, à cet instant précis, je la détestais d'avoir interrompu Grand-Mère.

« Allô, *Extrême-Orient*, bonjour…

— Vous êtes de la famille de Madame Chan ?

— Oui, je suis sa fille.

— Ici l'interne de l'hôpital. Vous pouvez venir tout de suite ? C'est urgent. Votre mère s'est réveillée. »

CŒUR SUR LA MAIN

« *Ama* ?... *Ama*, tu m'entends ?... *Ama*, c'est moi, *neoi neoi* 女女. Je suis là... On est tous là. »

Très lentement, ma mère a entrouvert les yeux. Ses cils, courts et droits, s'étaient soulevés au ralenti, à la vitesse des ailes d'un insecte dans un documentaire animalier sur Arte.

Liesse.

Ama s'est réveillée !

Le docteur m'a dit de lui prendre la main gauche. Elle était froide et raide. La peau était craquelée et pelait par endroits comme celle d'un serpent en mue. Au début, j'ai cru qu'il n'allait rien se passer, mais, au bout d'un moment, j'ai senti une légère pression de ses doigts. Si je n'avais pas été concentrée, je ne l'aurais peut-être pas remarquée.

Mon cœur a jubilé.

Ama m'a serré la main ! Elle va s'en sortir !

Pour Grand-Mère, c'était limpide.

« La médecine chinoise, c'est très efficace. »

Elle avait apporté des cadeaux qu'elle distribuait à tout-va au personnel du service. Il y en avait pour tous les goûts : des tasses à thé, des ombrelles en papier, des écharpes *kramas* cambodgiennes, des brioches au porc laqué et même des coupons de réduction pour la Rôtisserie Meng.

« Ce n'est pas la peine, Grand-Mère, ils font juste leur travail. »

J'étais un peu gênée. Mais, au vu de l'effervescence que la hotte de Grand-Mère avait suscitée au poste de soins, j'ai dû m'avouer vaincue. L'équipe médicale était ravie :

« Oh, c'est trop sympa !

– C'est vraiment joli, ce tissu ! J'adore !

– Comment ça se porte ?

– Vous nous gâtez ! »

Le chef de clinique *himself* s'était déplacé. Je ne l'avais jamais vu avant. Il ressemblait comme deux gouttes d'eau à Gandalf du *Seigneur des Anneaux*, avec des sourcils blancs et très fournis. Pendant qu'il nous parlait, je sentais son haleine acide, sortant de sa bouche un peu pâteuse.

Les phrases qu'il prononçait s'éparpillaient :

« *La rééducation sera longue.* »

« *Hémiplégie droite.* »

« *Si elle récupère ses facultés.* »

« *Elle va être transférée.* »

« *Le plus dur est devant vous.* »

« *Bon courage.* »

Je ne l'écoutais pas vraiment. Je refoulais l'envie de lui tailler les sourcils.

J'ai dit au revoir à Hatoumata et à Geneviève. Elles m'ont fait la bise et je leur ai donné des cartes de visite de l'*Extrême-Orient*. Comme ma mère.

« C'est pas pour faire de la pub… Vous n'êtes pas obligées de… Enfin, si vous décidez de venir, vous serez les bienvenues. On refusera de prendre votre argent, c'est certain.

— Merci pour l'invitation, ça va plaire à ma fille », m'a dit Geneviève.

Hatoumata m'a prise à part :

« Vous êtes formidables, toi et ta famille. Madame Chan a beaucoup de chance d'être si bien entourée.

— … C'est normal… C'est ma mère…

— Souviens-toi, à l'hôpital, on utilise des mots compliqués pour parler de choses simples. Et dans la vie, on utilise des mots simples pour parler de choses compliquées. Écoute toujours ton cœur, comme le font les médecins, d'accord ? »

RÉ-INCARNATION

Sur la gazinière, un wok s'embrasait d'un côté tandis qu'un bouillon d'os glougloutait à feu doux de l'autre. Du chou chinois se prélassait dans une passoire rose bonbon. La cuisine avait retrouvé sa bonne vieille odeur d'ail frit.

La veille, Grand-Mère avait dormi avec ses bigoudis. Les boucles de ses cheveux se dressaient comme des ressorts, tout juste retendus, et séquestrés sous un bonnet de douche transparent. Grand-Mère s'affairait à nouveau dans son tablier blanc serti de taches de graisse ultrarésistantes. Elle avait préparé des offrandes pour remercier *zou gwan* 灶君 le Dieu des Fourneaux, dont le poster tout neuf était accroché en hauteur pour esquiver les éclats de sauce.

« Pose l'assiette de fruits par là et allume tes bâtonnets.

– Il sert à quoi, le Dieu des Fourneaux ?

– C'est le gardien de notre foyer.

– Il fait le ménage et la cuisine ? »

Grand-Mère n'aimait pas que je blasphème. Mais j'ai quand même aperçu un sourire se dessiner sur son visage.

« Son travail consiste à rapporter au Ciel nos faits et gestes, nos bonnes actions et nos mauvaises pensées. Une fois par an, le vingt-troisième jour du douzième mois lunaire, il quitte le foyer et fait le trajet jusqu'au Ciel pour remplir sa tâche.

– Ah, d'accord, le Dieu des Fourneaux, en vrai, c'est une grosse balance ! C'est la Voix de la *Maison Des Secrets !* »

Le repas du *staff* allait être le premier repas servi à l'*Extrême-Orient* depuis longtemps. Alléluia ! Je m'en délectais d'avance. J'en avais marre de me nourrir de paquets individuels de nouilles instantanées. J'avais possiblement goûté à tous les arômes du rayon de *Tang Frères*.

Le rideau de fer était relevé. L'enseigne « *restaurant chinois* » était baignée de lumière, les rayons du matin parvenaient jusque dans la salle. J'ai dépoussiéré les tables au pschitt et décrassé soigneusement les porte-sauces à anse sur leur desserte. À gauche se tenaient les condiments pour les clients chinois : du piment sous toutes ses formes, de la sauce *Maggi* et des cure-dents. À droite, ceux pour les Français : du sel, du poivre et la sauce soja *sucrée* pour noyer leur nourriture dedans.

Les réflexes de ma routine d'avant sont revenus au galop tandis que l'*Extrême-Orient* renaissait de ses cendres encore chaudes.

Devant la porte d'entrée, Oncle Deux a stationné sa voiture sur le bateau du trottoir pour décharger deux sacs de vingt-cinq kilos de riz *Oiseaux Célestes Dernière Récolte*.

Preuve de ma montée en grade, Grand-Mère m'a confié la lourde tâche de cuire le riz dans l'autocuiseur. J'avais la pression : il n'y a pas de pire affront qu'un riz raté. Le riz doit toujours être gonflé et fragrant, jamais pâteux ni trop dur.

J'ai commencé par laver les grains, en tournicotant lentement mes doigts jusqu'à ce que l'eau de lavage devienne trouble. Puis, j'ai mesuré le niveau de l'eau de cuisson avec la phalange de mon index. Contrairement aux recettes de *Maïté* qui se comptent en grammes et centilitres, celles de Grand-Mère s'expriment en « un peu de ci » et « un peu de ça ». Enfin, j'ai appuyé sur le bouton « *cook* » et il n'y avait plus qu'à attendre.

Ce n'était pas sorcier, en fait.

Je me souviens qu'une fois on était tombées sur la pub pour le riz *Uncle Ben's* à la télé. Rien que d'entendre les mots « précuit », « sachet » et « micro-ondes » dans la même phrase, Grand-Mère avait failli en perdre la boule.

« *M saam m sei* 唔三唔四. C'est du n'importe quoi ! »

Mi ré mi ré mi si ré do la.

Le carillon de la porte d'entrée m'avait manqué. C'était Tata Meng. Elle a déposé d'énormes barquettes en aluminium contenant les rôtisseries tranchées qui garnissent nos soupes et entrées froides. Elle était suivie de Tante Brigitte et d'un Tonton à lunettes dont la tête ne me disait rien, mais qui manifestement appréciait beaucoup Grand-Mère.

Le Tonton est tombé sur les genoux quand il s'est retrouvé face à elle dans la cuisine. Il pleurait et riait en même temps, c'était difficile de savoir. Il était presque allongé par terre, comme les vieux qui se prosternent au temple et embrassent les pieds des statues dorées. Grand-Mère l'a relevé avec ses deux mains et lui a demandé s'il avait faim.

Puis, le Tonton s'est dirigé vers moi :

« Chi Chi ? C'est pas vrai ! Chi Chi, c'est toi ?
– Oui, euh… c'est moi.
– Qu'est-ce que tu es grande ! Que le temps passe vite. Tu ne me reconnais pas ?
– Euh… non, désolée…
– La dernière fois que je t'ai vue, tu étais haute comme ça ! » (*Il a écarté son pouce et son index de dix centimètres.*)

Tante Brigitte est venue à ma rescousse, susurrant au creux de mon oreille l'identité de ce Tonton caché :

« C'est Oncle Sophal. L'ancien mari de ta Tante Trois. Il habite à Grenoble, maintenant. »

Grand-Mère lui a apporté un grand bol de soupe Phnom Penh. Le bouillon terre-mer brûlant avait voilé de buée de bas en haut ses verres progressifs. Oncle Sophal trépignait d'excitation en remuant les tranches d'abats, les herbes et les nouilles fluides avec ses baguettes.

« Cette odeur ! Ah… ça me rappelle tellement de choses ! Brigitte, tu te souviens quand on allait manger notre bol matinal de *gwo tiu* 粿條 à Psar Thmey ? Tu prenais toujours le bouillon à part pour y tremper les beignets tout juste sortis de l'huile de friture. C'était le bon vieux temps ! »

J'avais déjà vu des images de Psar Thmey, le Marché Central de Phnom Penh, dans un reportage. Des enfants des rues vendaient des mygales frites à des touristes effarouchés. Le programme était entrecoupé d'images d'archives dans lesquelles le Général de Gaulle était accueilli en grande pompe dans cette région lointaine qu'ils appelaient à l'époque l'Indochine.

J'avais demandé à ma mère si c'était vrai que les Cambodgiens mangeaient des mygales et elle avait dit : « C'est un délice. »

Oncle Sophal a aspiré amoureusement les pâtes de riz par la bouche, comme dans le dessin animé *La Belle et le Clochard*. Il a dégusté toute la garniture jusqu'à la dernière miette d'ail frit et terminé le fumet au bol, sans se retenir de faire des *slurp, slurp, slurp* de satisfaction. Son front était tout luisant de sueur. Je l'ai observé, fascinée. On aurait dit qu'il avait jeûné depuis des jours pour mieux savourer cet instant.

« Même à Phnom Penh, on ne trouve plus de *gwo tiu* 粿條 comme ça ! On dit que c'est à Paris qu'on trouve les meilleurs, ici même, à l'*Extrême-Orient* ! Tu savais, Chi Chi, que ta mère était la première à les faire ? Pour retrouver le goût de notre enfance… Elle disait qu'on n'est jamais mieux servi que par soi-même ! Ah, ta mère, c'est vraiment quelqu'un. »

Repu, Oncle Sophal a basculé sur sa chaise et a sorti de la poche de sa veste une enveloppe rouge très épaisse, qu'il m'a tendue. À l'intérieur, une grosse liasse de billets. Je suis restée interdite :

« Euh… c'est pour quoi ?

— J'ai entendu, pour les ennuis du restaurant. Ta mère, elle m'a beaucoup aidé, les premières années, quand je suis arrivé en France. Ce n'est qu'un juste retour des choses.

— Ah… bah merci, Tonton.

— Je veux aller la voir à l'hôpital cet après-midi, tu pourras m'emmener ?

— Oui, bien sûr, après le service de ce midi, j'ai prévu d'aller lui rendre visite.

— Quelle enfant reconnaissante ! *Haau seon* 孝順 ! Ta mère t'a bien élevée. »

C'était la première fois que quelqu'un me faisait ce compliment-là. J'avais plutôt l'habitude du contraire. En plus, c'était un compliment sans malentendu et sans faute de grammaire. Oncle Sophal conjuguait les verbes à tous les temps et ne se trompait pas en genre de pronoms.

Un peu avant l'heure du *rush*, le carillon de la porte d'entrée a apporté un nouveau lot de visites-surprises. *Mi ré mi ré mi si ré do la.*

« Coucou, c'est nous ! »

Kim-Ay et Asoy sont entrées péniblement, portant à quatre mains une énorme plante verte dans un pot en terre cuite. Une banderole rouge se drapait autour des larges feuilles, la même écharpe qui décore les Miss France. Dessus, il était écrit : « Nouveau départ ! »

Il y avait certainement plus de ressemblances entre moi et la plante verte enrubannée qu'avec toutes les Miss France jamais élues. Quand on regardait l'émission avec Kim-Ay et Asoy, on se fabriquait nous-mêmes nos écharpes gagnantes, avec les mentions « Miss Banane », « Miss Porte d'Ivry » et « Miss *Phở* ».

« La plante te plaît ? On s'est cotisées.

— ... Oh, merci, les filles... Ça fait plaisir... C'est quoi ?

— Un oiseau du paradis.

— Il est du genre coriace ? Parce que j'ai pas la main verte, moi.

– Alors, prête pour le grand jour ? On attendait tous la réouverture de l'*Extrême-Orient* avec impatience… »

Asoy m'a donné une petite accolade.

« Passe le bonjour à ta mère.

– Merci, je lui dirai. »

Mes fleurs de lotus sur les assiettes se déployaient désormais sans effort. J'avais fait des progrès fulgurants en décoration de table.

Kim-Ay m'a pris le bras pour me parler tout bas.

« Chi Chi… Tu es sûre de ce que tu fais ?

– Sûre de quoi ?

– … Rouvrir le restaurant ?

– Il faut bien que le restaurant continue à tourner…

– Écoute, je serais toi, j'y réfléchirais à deux fois. T'es certaine que tu veux prendre la place de ta mère dans ce restaurant ? Quand même, elle n'a pas fait tout ça pour que tu finisses comme elle… »

Ça avait commencé par un conseil d'amie, ça a fini par m'embrouiller. Et si *Ama* ne revenait pas ? Est-ce que je finirais ma vie enchaînée à ce restaurant ?

Quand Jérôme le facteur est venu déposer le courrier, j'ai foiré son traditionnel café aux deux sucres et deux nougats.

« J'suis désolée, j'vais le refaire.

— T'inquiète pas, c'est le métier qui rentre ! En tout cas, je suis rassuré de savoir l'avenir de l'*Extrême-Orient* entre de bonnes mains ! »

Mon enthousiasme s'était peu à peu effrité au cours du service. Lorsque les clients réguliers avaient passé la porte, grand sourire aux lèvres, je n'arrivais pas à leur rendre la pareille. J'ai fait des *non-sourires*. J'avais beau prendre leur commande, servir leurs plats et rendre leur monnaie comme il fallait, le cœur n'y était plus.

Vous avez pris la relève !

Personne ne fait le riz cantonais comme vous ! Je peux le garantir, je les ai tous testés dans le quartier !

Toujours bien reçu chez vous : telle mère, telle fille !

J'avais déjà déçu ma mère tant de fois. Si seulement elle pouvait parler et me dire quoi faire. Retourner au Lycée ou faire tourner le restaurant ?

La cheffe me manquait, ses instructions aussi.

LA MARIÉE

« Madame Chan a fait des progrès. Elle reste éveillée de plus en plus longtemps. C'est bien de la stimuler.

– Elle va bientôt sortir ?

– Pas dans l'immédiat, mais, si elle continue comme ça, c'est encourageant. »

Ils avaient déménagé les effets personnels de ma mère dans un autre service, situé deux bâtiments plus loin. Il ressemblait en tous points au précédent : les mêmes murs blanc sale, les mêmes portes battantes, les mêmes lits à barreaux, la même odeur de gel hydroalcoolique *Aniosgel 85 NPC 500 ml*. La seule différence était qu'on n'avait pas retrouvé Geneviève et Hatoumata. La nouvelle équipe était distante et je n'ai pas eu le droit de rester dans la chambre pendant qu'on lui faisait sa toilette.

J'attendais dehors avec Oncle Sophal. Il avait des yeux rieurs. Quand sa bouche s'ouvrait, j'apercevais ses dents mal alignées. Nabil avait les mêmes, j'ai repensé à la fois où il m'avait dit :

« Ouais, c'est vrai, j'ai des chicots pourris, des chicots de blédard. Et j'en suis fier ! »

J'avais pensé plusieurs fois à appeler Nabil, mais je ne l'avais pas fait.

Oncle Sophal a sorti de sa poche des bonbons du *Lapin Blanc*, ces friandises chinoises à base de lait qui collent aux dents, baptisées ainsi à cause du lapin blanc aux yeux rouges, assez terrifiant, dessiné sur le paquet.

« T'en veux ?

— Oui, je veux bien, merci.

— Ça aussi, ça fait un bail que j'en ai pas mangé !

— Ils en vendent pas, à Grenoble ?

— Y'a pas de *Tang Frères*, chez nous. Mais, par contre, on a la montagne. Tu as déjà skié ?

— Non, jamais.

— Si tu veux, tu viens chez moi. Je t'apprendrai.

— Il y a de la neige à Grenoble ?

— Non, mais je travaille pas loin, dans une station en altitude.

— Tu fais quoi ?

— Je suis moniteur de ski. »

J'ignorais qu'il y avait des moniteurs de ski sino-cambodgiens. Pour moi, les « sports d'hiver » étaient réservés aux autres élèves du Lycée

International, qui revenaient des vacances de février avec les lèvres gercées et la marque des lunettes.

J'imaginais l'Oncle Sophal donner des leçons à Ultra-Doux et à Dylan McKay.

Les aides-soignantes sont sorties de la chambre de ma mère. C'était le signal que notre tour était arrivé. Je me suis mise sur le côté du lit et j'ai pris les mains de ma mère dans les miennes. Elles étaient tièdes.

J'ai commencé à lui appliquer sa crème hydratante d'une marque suisse que j'avais achetée au *Sephora* du centre commercial *Italie 2*. J'aimais bien faire du lèche-vitrines à *Italie 2*. Là-bas, il n'y avait pas de vidéoclubs qui mettent la musique vietnamienne à fond, pas de magasins de robes à col mao, pas de bar-PMU avec des Tontons qui regardent l'écran la mine dépitée parce que leur poulain n'a pas terminé dans le tiercé de tête.

Tout en lui massant délicatement la paume des mains par petits mouvements circulaires, je lui parlais doucement :

« *Ama* ?... *Ama*, tu m'entends ? *Ama*, c'est moi, *neoi neoi* 女女. Je suis là. »

Infime pression des doigts de la main gauche.

Cette fois encore, elle a mis du temps à ouvrir les yeux, comme si ses paupières pesaient des tonnes. Ça lui demandait un effort démesuré.

« Bravo, *Ama* ! Le docteur dit que tu es sur le bon chemin. Au fait, je suis venue avec Oncle Sophal, aujourd'hui. »

Il s'était posté de l'autre côté du lit, et le regard d'*Ama* s'est tourné graduellement vers lui. C'était difficile de savoir au premier abord si elle l'avait reconnu. Mais, après quelques minutes, ses yeux se sont emplis d'eau. L'eau a ensuite coulé dans ses oreilles et j'ai pris le bout du drap pour les essuyer.

Oncle Sophal, très ému lui aussi, répétait :

« Grande sœur, grande sœur… »

J'ai sorti de mon sac un lecteur DVD portable qu'Oncle Deux m'avait prêté avec une copie du film *Kill Bill*, volume un. J'ai posé la machine sur la tablette de ma mère et enclenché le mode lecture.

« Regarde bien, *Ama*, l'héroïne de ce film : elle était dans le coma et, après, elle a retrouvé toutes ses capacités, en juste quelques heures, elle est redevenue championne d'arts martiaux, et elle a même récupéré sa technique mortelle des cinq points et la paume qui fait exploser le cœur des méchants. Il faut commencer par les doigts de pied. J'essaye sur toi, d'accord ? »

J'ai titillé les orteils de ma mère, mais ils ne bougeaient pas d'un iota.

« Allez, vas-y, essaye encore ! »

J'étais en train de lui masser le pied droit quand l'infirmière est passée pour nous demander de sortir, à nouveau.

« On l'emmène faire une IRM, elle sera de retour tout à l'heure, si vous voulez patienter. »

En sortant de la chambre, Oncle Sophal est tombé sur les photos de la Tante Trois et de Ling, au-dessus de la pile. Je n'avais pas encore eu le temps de réaménager l'autel depuis que ma mère avait été transférée. Le corps d'Oncle Sophal s'était figé. Il s'est approché des cadres et les a plaqués contre son torse, tête baissée.

Je l'ai attendu dans le couloir.

Quand il m'a rejointe, le nez rouge, il m'a dit :

« On va prendre un café ? »

Je l'ai suivi dans le bar-brasserie qui fait l'angle du boulevard de l'Hôpital et de la rue Jeanne-d'Arc. Grands miroirs, banquettes en cuir rebondissant, cliquetis des couverts en continu et serveurs habillés en pingouins. Oncle Sophal a commandé un chocolat liégeois, et moi, une île flottante.

De son portefeuille, il a sorti trois vieilles photos. Elles étaient plus petites et usées que celles de l'autel, mais avec les mêmes bords crantés.

Sur la première, la Tante Trois souriait, ravissante dans sa robe *qipao* et une fleur tropicale à son oreille. Dans une pièce à plafond haut d'où pendait un ventilateur en bois, elle posait aux côtés d'Oncle Sophal, en costume, droit comme un i. Devant eux, assis sur des chaises, Grand-Mère et Grand-Père, l'air radieux.

Oncle Sophal m'a dit d'une voix tremblante :

« Le jour de notre mariage, le 18 août 1974.

— Vous aussi, c'était un mariage forcé ?

— Non, c'était avant la guerre. On était amoureux.

— Vous avez l'air très heureux.

— Le Cambodge était un beau pays en paix, il y a longtemps. On l'appelait même "le pays du sourire". Et puis les Cambodgiens sont devenus tristes. Certains resteront tristes pour toujours. »

Sur une autre photo, la cousine Ling prenait un bain dans une bassine ronde en zinc avec des poignées. Le bébé joufflu y pataugeait joyeusement au milieu de feuilles de citronnier, les mêmes que Grand-Mère infusait à froid dans l'eau de rinçage pour que mes cheveux restent bien noirs et brillants.

Oncle Sophal parlait tout haut, mais il était ailleurs.

« Elles sont à jamais près de moi. »

Il y avait un dernier cliché où les jeunes mariés posaient en compagnie de Tante Brigitte, choucroute sur le crâne dans une robe à motifs cambodgiens... et un homme. Un homme blanc, plus âgé.

Voyant mon trouble, Oncle Sophal a précisé :

« Ta Tante Brigitte était notre témoin de mariage. C'est grâce à elle qu'on s'était rencontrés, moi et ta Tante Trois.

– Qui est l'homme avec elle ?
– Maurice.
– Qui est Maurice ?
– Maurice était le mari de Tante Brigitte.
– Je ne savais pas qu'elle avait été mariée… avec un… »

Je n'ai pas pu finir ma phrase. Je commençais sérieusement à regretter d'avoir, un jour, commencé à poser des questions. J'avais tiré un fil qui n'en finissait pas.

Quand est-ce que ça allait s'arrêter ?

Y avait-il quelqu'un dans cette famille que je connaissais *vraiment* ?

« Elle a toujours été… originale, ta Tante Brigitte, tu le sais… Dans le temps, déjà, elle ne faisait rien comme les autres. Elle buvait des cocktails, dansait sur les musiques importées et elle était invitée aux soirées du très chic Hôtel Le Royal… Il était situé en face de mon lycée, le Lycée Descartes. Parfois, le matin, quand j'allais en cours, je la croisais devant la grille, dans sa robe courte… C'est là qu'elle a rencontré Maurice… Il était biologiste. Il travaillait à l'Institut Pasteur de Phnom Penh. Un homme très brillant et très sérieux.

– Mais… ?

– … Mais ta Grand-Mère ne voulait rien savoir. Elle était farouchement opposée à cette relation. C'était déjà très mal vu que sa fille sorte le soir et encore plus mal vu que sa fille flirte avec un Français… du double de son âge.

– De toute façon, Grand-Mère, elle est toujours contre tout…

– Ça n'a pas empêché ta Tante de n'en faire qu'à sa tête… Dès le lendemain de notre banquet, elle a pris l'avion pour la France. Elle a suivi Maurice qui venait d'être muté. Grand-Mère était si furieuse qu'elle lui avait interdit de revenir…

– Waou… Elle devait en pincer pour ce Maurice…

– Finalement, elle n'est jamais retournée dans sa famille au Cambodge. L'histoire en a décidé autrement. C'est sa famille qui est venue en France, grâce à elle.

– Comment ça ?

– C'est elle qui nous a retrouvés ! Tous ! Au fil des années, nous avions perdu la trace les uns des autres… Avec ton Oncle Deux, on s'était recroisés dans un village sur la ligne de front. On dormait dans une hutte avec des feuilles de bananier au-dessus de nos têtes, et la nuit, la pluie passait à travers. Après ça, on a été séparés de nouveau, je ne l'ai plus revu avant le camp de réfugiés. C'était un soulagement de voir une tête familière... On y est restés des mois... Un jour, on nous a annoncé qu'une Française s'était portée garante pour nous !

– La Française, c'était Tante Brigitte ?

– Oui ! Elle nous a hébergés dans leur deux-pièces à La Motte-Picquet, avec des cheminées et des moulures au plafond. Plus ça allait et plus on était nombreux. On dormait comme des sardines sur des matelas dans leur salon... Serrés mais en vie ! Il y avait ta Grand-Mère, ton Oncle Deux et Tata Meng, ta mère... et d'autres aussi, des parents proches ou éloignés... On est nombreux à lui devoir beaucoup, à ta Tante Brigitte.

– Et qu'est-il arrivé à Maurice ?

– Ils ont divorcé. Ils se disputaient beaucoup... Maurice ne supportait plus de vivre entassé avec nous. C'était devenu trop pour lui, cet afflux permanent de "boat people", c'est comme ça qu'il nous appelait.

– Pourquoi "boat" ? Vous êtes arrivés en bateau ?

– Pas du tout. En avion !

– Et après ? Maurice est parti ?

– Il lui a demandé de choisir. C'était lui ou nous. C'est comme ça qu'on a atterri dans le Treizième avec Tante Brigitte. »

Ça m'énervait quand ma mère me répétait : « Un mari asiatique, c'est mieux ! Les Asiatiques, ils ont le sens de la famille. » Elle demandait tout le temps à Asoy de me présenter les cousins de Hoa…. Je trouvais ça absurde.

Maintenant, je comprenais.

Pour *Ama*, Tante Brigitte et tous ceux qui avaient pleuré la perte des leurs, rester ensemble, c'était survivre.

PETIT BEURRE

« LIVRAISON ! »

Les soirs de match de foot à la télé, il fallait qu'on se prépare à un pic de livraisons à domicile. Il culminait à la mi-temps, quand les flottes de deux-roues quadrillaient le quartier. Mais, à l'*Extrême-Orient*, c'est pas tout à fait *Speed Rabbit Pizza* : on n'avait qu'une seule bicyclette pour faire le job.

Maintenant que je ne quittais plus ma caisse, c'était Tante Brigitte qui montait sur le vélo rouge, risquant de coincer ses talons dans les pédales.

« Si je ne suis pas rentrée dans une heure, appelle les flics ! »

Kim-Ay et Asoy étaient aussi venues nous prêter main-forte aux commandes de leurs engins de glisse favoris : rollers *in-line* pour l'une et trottinette *freestyle* pour l'autre.

« Mais si, j't'assure ! Elle peut monter jusqu'à vingt kilomètres-heure…

— Tu paries combien que j'te bats ?
— Chi Chi, mets le chrono !
— Comme toujours, si vous ou l'un des membres de votre unité était pris ou tué, l'*Extrême-Orient* niera avoir eu connaissance de vos activités... »

Après le départ de tous les bons de livraison, je me suis retrouvée seule en salle. J'ai alors aperçu une ombre louche se faufiler entre les platanes du trottoir. Je suis sortie sur le pas de la porte et...

« BOOOOOOH ! »

J'ai poussé un cri strident et bondi de deux mètres en arrière. Nabil se tenait le ventre, fier de sa farce.

« Oh la tête !
— C'est nul...
— Détends-toi... faut rigoler un peu dans la vie !
— J'te dis que c'est pas drôle... et de toute manière, qu'est-ce que tu me veux, Nabil ? J'croyais que c'était clair, la dernière fois...
— Ah oui, à ce sujet, ma mère, elle voulait te demander un truc, mais t'es partie avant.
— Quoi ?
— Pour trouver un petit boulot.
— Quel genre de boulot ?
— J'sais pas, un truc à ton resto, par exemple ?
— D'abord, c'est pas mon restaurant, c'est celui de ma mère. Et je vois mal la tienne travailler pour...

– Nan, c'est pas pour elle ! C'est pour quelqu'un de très débrouillard, excellent sens du contact humain, ça, c'est hyper important dans le commerce… et aussi plein d'idées pour développer les perspectives d'évolution de l'entreprise, tout ça, quoi.

– En fait, ce boulot, c'est pour toi ?

– Euh, ouais… c'est pour moi. Comment t'as deviné ?

– Tu vas plus au lycée, non plus ?

– Si, j'y vais, pourquoi, pas toi ?

– OK, j'ai besoin d'un livreur, tous les soirs de la semaine. Disponible immédiatement.

– Sérieux ? Chauffeur-livreur ? Trop bien ! Marché conclu ! Mais attends… pas avec ton vélo de pacotille, là ! Je vais trouver un scooter dans le quartier, ça ira beaucoup plus vite. Tu vois, déjà, grâce à moi, tu vas réduire les délais de livraison et les clients n'en seront que plus satisfaits ! »

À partir de ce jour-là, Nabil a pointé tous les soirs à dix-huit heures pétantes. Il dévorait le repas du *staff*, s'extasiait devant tous les plats en sauce et demandait du rab de riz. Ce n'était pas exactement du goût de Grand-Mère, qui rouspétait, à haute voix :

« Le petit Arabe, là, il nous coûte plus cher en nourriture qu'il ne rapporte, non ?

– Mais non, Grand-Mère… Et, pour info, il s'appelle Nabil.

— Il est bien arabe, non ?

— Oui, mais enfin, on n'appelle pas les gens comme ça... »

« *Le petit Arabe.* »

Nabil n'est même pas petit.

Bien évidemment, Grand-Mère le disait en chinois, *aa laai baak zai* 阿拉伯仔.

Nabil était à des kilomètres de se douter qu'elle parlait de lui en ces termes, il était tombé dans le panneau de ses *non-sourires*. C'est de famille, ça aussi.

« Dis-moi un truc, Chi Chi... comment ça se dit, Nabil, en chinois ?

— ...

— Demande à ta Grand-Mère, je pense qu'elle sait. »

AMA-ZING

Ama était assise sur son siège à accoudoirs de couleur vert *Chlorophylle Hollywood Chewing-Gum*. Très honnêtement, ce coloris devrait être interdit en mobilier d'intérieur.

Quand elle m'a aperçue à sa porte, *Ama* a souri. Un sourire bi-goût, avec un coin de bouche qui tirait vers le haut et l'autre qui tirait la gueule.

Juste avant, l'infirmière m'avait annoncé, à la volée, dans le couloir : « Votre mère a progressé en ergo ! » Ça avait illuminé ma journée. Je me nourrissais de ces petites joies que me procurait la moindre avancée d'*Ama*, comme un jeune parent gaga de sa progéniture :

« *Ama* a bu au verre ! »

« *Ama* a attrapé ! »

« *Ama* se tient assise ! »

Spontanément, je me suis précipitée pour l'embrasser sur le front d'un gros baiser retentissant.

« Bravo, *Ama* ! Je suis fière de toi ! T'es la meilleure, continue comme ça ! Tu vas y arriver ! »

Mes démonstrations d'affection étaient inédites. Je ne me soupçonnais pas si câline. Ce n'était pas du tout le genre d'*Ama*, c'était même en totale contradiction avec tout ce que j'avais connu. Ma mère, trop pudique, m'avait aimée autrement. Elle craignait peut-être que trop de débordements m'empêchent de devenir forte.

Je lui ai fait la conversation. Je lui parlais du restaurant, égrenais la liste des courses, rouspétais contre les fournisseurs, donnais des nouvelles de ses clients chéris.

« Ils ont hâte que tu reviennes ! Tu te souviens de la fille qui demande toujours si c'est bio ? Eh bien, elle est venue manger ce midi, et elle m'a demandé du riz complet à la place du riz vapeur ! Les gens sont incroyables ! »

Ama hochait la tête ou la secouait. Au sommet de sa forme, elle prononçait une monosyllabe. « Ah ! » « Oui. » « Oh ! »

Je faisais de longs monologues tout en limant ses ongles et en appliquant sa crème réparatrice, baptisée *Radiance*. J'exécutais à la lettre les instructions de la notice : « *Masser par pressions douces pour une meilleure pénétration des couches supérieures de l'épiderme.* »

Ensuite, je m'asseyais sur la chaise à côté de son lit pour contempler avec satisfaction ses belles mains aux doigts manucurés, à la peau lisse et douce. Pas une seule crevasse ni craquelure n'avait résisté à la formule suisse « *recommandée par des dermatologues* ». Il était désormais loin, le temps où la peau de ses mains ressemblait au cuir du sac contrefait *Louis Vuitton* arraché un soir à Tata Meng par une bande de jeunes.

C'était ce genre de mains qu'*Ama* avait toujours rêvé d'avoir.

C'était ce genre de mains qu'elle voulait pour moi quand elle me disait : « Avocat, docteur ou ingénieur, c'est tout ! Un travail où tu utilises ton cerveau, pas tes mains ! »

Comme il faisait beau dehors, on est sorties prendre l'air. Emmitouflée de pull, manteau, bonnet, écharpe, ma mère avait tout d'un *Bibendum*, calée dans son fauteuil roulant, un modèle luxe à assise rembourrée qui ne lui faisait pas mal aux fesses quand je la descendais des trottoirs du parc de l'hôpital. De toute manière, *Ama* n'était pas très lourde, moins lourde que deux sacs de riz *Oiseaux Célestes Dernière Récolte*.

On s'est installées au soleil, sur un banc. Les premiers rayons du printemps parisien nous réchauffaient. D'habitude, ma mère n'aimait pas s'exposer, elle préférait la carnation « Blanche-Neige », à l'abri des rayons UV qui laissent des taches brunes sur la peau. Mais, dernièrement, elle avait passé tant de temps entre quatre murs qu'elle avait l'air heureuse de se faire bronzer.

Moi, au contraire, le soleil ne m'effrayait pas. Je n'ai jamais mis de crème solaire ni attrapé de coup de soleil. J'ai la peau mate, plus mate que les gens de ma famille. Petite, on me chahutait, prétendant que ma mère m'avait ramassée dans une poubelle où la crasse avait déteint sur moi.

Le contrejour m'empêchait de discerner les deux taches qui s'avançaient au loin. J'ai mis ma main en visière, et j'ai reconnu la démarche d'Oncle Deux. Quand il s'est approché, j'ai repéré ses tongs.

Oncle Deux s'est agenouillé devant ma mère et lui a pris les mains. C'était une chance que ma mère fût déjà assise. Ils ont pleuré tous les deux en silence pendant un long moment, avant qu'Oncle Deux ne réussisse à articuler quelques mots étranglés par l'émoi.

« Je suis avec Sovann. Il est venu pour te voir, Grande Sœur. »

Le regard de ma mère a fait un lobe au-dessus d'Oncle Deux pour se poser sur Sovann, l'homme qui s'était fait tailler un costard par Grand-Mère l'autre soir à l'*Extrême-Orient*.

Mon père.

Ama est repartie dans un nouveau déferlement muet de larmes.

La peau dorée de Sovann irradiait comme une statue de Bouddha Joyeux un soir de réveillon lunaire. Ses yeux ronds, souriants, trahissaient aussi une grande émotion.

Il parlait à ma mère en khmer. Je n'ai rien compris.

Mais j'ai bien vu que ma mère, elle, comprenait bien.

Le soleil a fini par passer derrière les bâtiments et une brise fraîche s'est levée. Une infirmière cherchait *Ama*. « Le dîner est servi, Madame Chan ! Aujourd'hui, c'est aiguillettes de poulet et haricots verts. »

Ama a fait la grimace. Elle ne voulait pas partir, surtout pas pour se cogner un plateau-repas de l'hôpital. « Il faut manger, Madame Chan ! ». Afin de se donner du courage, elle tartinait cette nourriture trop cuite, trop molle, trop fade, de sauce *Sriracha*, la purée de piment écrasé. Même le pain y passait.

À mon grand étonnement, Oncle Deux a proposé de raccompagner ma mère à l'étage. Je lui ai soufflé, en chinois : « Le flacon de *Sriracha* est planqué dans le tiroir de sa table de chevet ! »

Je suis restée seule avec Sovann.

On regardait tous deux nos pieds. Les miens se balançaient l'un après l'autre sous le banc et lui remuait frénétiquement son genou droit.

Ses mèches noires, souples et un peu ondulées, balayaient son visage à chaque souffle de vent. J'avais rarement vu des hommes asiatiques avec des cheveux comme les siens, la plupart avaient des coupes en brosse comme *Fido Dido* de *Seven Up*.

Il a brisé la glace avec quelques banalités.

« *Do you speak English ?*

— Yes.

— Good, because my French is terrible.

— My Cambodian is worse. »

Il parlait avec un accent américain qui roule les r. J'avais appris mon anglais très *british* grâce aux cassettes BBC que ma mère avait achetées pour préparer mon concours d'entrée au Lycée International. J'avais longtemps maudit cette méthode qui se vantait « facile », mais que je peinais tant à pratiquer devant ma glace. Les trente leçons n'avaient pas réussi à booster ma note de participation orale.

Certaines langues maternelles sont plus riches que d'autres. Celle des enfants de diplomates du Lycée International par exemple. On appelle leurs parents des *expatriés* et Monsieur Ristretto trouvait leur *franglais* très charmant. Alors que les gens comme ma mère, on les appelle des *immigrés* et leur accent est la risée des inspecteurs sanitaires et des humoristes à la radio.

« *So your name is Chi Chi ?*

— Yes.

— My name is Sovann.

— Yes, I know.

— What else do you know ?

— I don't know anything about you. Except that Grandma hates you.

– Sorry about the other night. It wasn't the best way to… well, to be honest, there is no good way to do this…

– …

– You look exactly like your mother when she was younger. You are so beautiful.

– … Thank you. »

En chinois, on dit qu'on « *vient du même moule à gâteau* ». Le chinois est une langue très imagée. L'anglais aussi. En anglais, ça se dit « *the spitting image* », comme si ma mère avait raclé sa gorge, crachouillé ses glaires par terre et que j'étais sortie tout habillée du molard d'*Ama*.

« *Have you been to the States ?*

– No, never.

– I live in New York City. You should come… I'll show you around. We own a Chinese restaurant, too. What a coincidence, right ?

– Yes, it's funny.

– I have a son and a daughter. They are a little older than you. Their names are Channeary and Dara. They would love to meet you.

– Euh… OK, maybe one day.

– It would be amazing. »

« *It would be amazing* » bourdonnait dans mes oreilles.

Sovann m'a tendu une photo. « *Keep it. Remember us.* » Il posait avec deux jeunes en claquettes et chaussettes devant une grosse voiture, une S.U.V. étincelante, garée sur un parking. Tous faisaient avec leurs doigts le signe V de la victoire. En arrière-plan, un bâtiment bas avec une enseigne lumineuse : « *The Jade Palace* ».

Puis il m'a gratifiée d'un gros *hug*, comme font les Américains.

J'avais un million de questions, mais j'étais pétrifiée.

À la lumière de cette seule conversation, tous les efforts que j'avais fournis pour potasser mon anglais m'ont paru justifiés.

Je m'imaginais déjà faisant un *selfie* devant la Statue de la Liberté, entourée de cette autre famille qui vivait la même vie que moi, en haut d'un gratte-ciel d'un autre Chinatown à l'autre bout du monde.

AMBASSADRICE

« Je vais prendre le menu A3 mais sans coriandre et avec une sauce soja supplémentaire. Mais… elle n'est pas là, la petite dame de d'habitude ?

– Non, elle n'est pas là… elle est en… congé.

– Ah, elle est partie en voyage ?

– Oui, en quelque sorte…

– Bon… je peux quand même modifier le menu ?

– Je vais voir ce que je peux faire. »

J'ai pensé fort à ma mère, pour trouver la force de m'élever plus haut que ce client relou. Moi, blanche colombe. Lui, gros crapaud avec des cloques partout. Dans mon rêve éveillé, j'esquivais sa bave avec une dignité exemplaire.

« À la place du bol de riz… je peux avoir une bière ?

– Écoutez, là, non, c'est pas possible, on peut pas faire ça, monsieur…

– Qui ne tente rien n'a rien, pas vrai ? Je suis un bon client, demandez à l'autre dame ! Sinon, peut-être un digestif offert par la maison ? Vous savez, celui qui est servi dans les petits verres avec des gonzesses à poil au fond ? »

Bon client ?

La moutarde me montait au nez… Fort heureusement, on a été interrompus par Nabil, qui revenait d'une livraison. Je me suis éclipsée. « Excusez-moi, je reviens… »

Nabil a déposé la recette de sa tournée sur le comptoir et a joué avec la patte cassée du Lucky Cat pendant que je recomptais les sous.

J'ai levé les yeux et j'ai soufflé.

« Ça va pas, Chi Chi ? Il manque quelque chose ?
— Non, c'est pas ça… C'est le client à la table, là-bas, il me saoule grave… C'est celui qui veut toujours négocier les menus…
— Il t'a mal parlé ?! J'vais m'occuper de son cas !
— Non, c'est bon, Nabil… »

Nabil s'est élancé vers sa table. J'ai trottiné après lui. « Laisse, Nabil… » En voyant l'agitation se rapprocher, le client a été pris d'affolement. Les chips épaisses à la crevette, qu'il essayait de fourrer dans sa poche de veste, sont tombées par terre.

Nabil lui a rugi dessus :

« C'est quoi vot' problème, m'sieur ?
— Mais… il n'y a pas de problème…
— Laisse tomber, Nabil, c'est rien…
— Tu fais la même chose au bistrot ? T'essayes de remplacer la corbeille de pain par une

bouteille de Coca ? J'parie que non. Alors pourquoi tu fais ça ici ? Tu cherches à arnaquer les honnêtes gens qui travaillent dans ce restaurant, c'est ça, avoue !

— De quoi tu te mêles, toi ?

— Moi, je travaille ici, m'sieur !

— Laisse tomber, j'te dis, Nabil. On va s'arranger…

— Ah bon ? Mais… je ne savais pas que les Chinois embauchaient des…

— … Des quoi ?

— … C'est la première fois que je vois ça, d'habitude, ils préfèrent rester entre eux…

— Que les Chinois embauchent des Bougnoules, c'est ça que tu veux dire ?!

— Mais tu vas te calmer, toi ! Tu me fais pas peur, j'connais bien les gens comme toi, je vais porter plainte ! Vous êtes tous témoins dans cette salle ! Plus ça va et moins on se sent en sécurité dans ce pays ! On peut même pas manger tranquillement sans se faire agresser.

— Vas-y ! Porte plainte ! Te gêne pas !

— Tu dois avoir l'habitude qu'on porte plainte contre toi ! (*Me pointant du doigt.*) Mais vous, faites attention ! Avec ce genre de fréquentations, ça va déteindre ! Vous allez faire du tort aux vôtres… Et puisque vous me chassez, je m'en vais ! »

Les clients de la salle regardaient, bouches ouvertes, l'homme se diriger vers la sortie. Des paires de baguettes étaient tombées de sa poche de pantalon tandis qu'il gesticulait. J'ai barré le chemin à Nabil, qui était à deux doigts d'en venir aux mains. Ses nerfs étaient si tendus qu'il serrait ses poings à en trembler.

Grand-Mère était sortie de la cuisine dans son tablier, encore armée de sa spatule.

Quand la porte s'est refermée derrière lui, j'étais soulagée.

« On ne le reverra pas de sitôt, celui-là…

— Des clients comme ça, on n'en veut pas de leur argent. *Sei gwei lo* 死鬼佬. »

J'étais sidérée. Je n'aurais pas pensé que Grand-Mère… Ce n'était pas son style de cracher sur la thune. *Sei gwei lo* 死鬼佬 veut dire « *maudits hommes fantômes* », l'insulte ultime en cantonais à l'encontre des Blancs.

« Ce petit, il n'est pas si mal, finalement. »
Nabil avait disparu.

Je l'ai retrouvé qui fumait une clope dans l'arrière-cour, près du local à poubelles.

Il m'a laissée tirer sur sa cigarette.

« Je suis désolé si j'ai…

— T'as pas à t'excuser.

— J'aurais pu lui foutre une bonne raclée…

— T'inquiète, il s'en souviendra…

— Nan, tu sais, ces gens, ils connaissent pas la honte.

— Merci, Nabil.

– Y'a pas de quoi, Chi Chi. On est ensemble ! Enfin… j'veux dire, euh… pas ensemble, *ensemble*, genre on est un couple, mais… euh… ensemble… comme… euh… »

Je lui ai fait un smack sur la bouche. Un baiser à l'haleine de cendre, à la va-vite, entre la poubelle jaune et la poubelle verte. C'était grisant, comme la montée d'un grand huit superpuissant. Après ça, je suis vite retournée à ma caisse, les joues empourprées, et la sonnerie du téléphone a de nouveau retenti.

« LIVRAISON ! »

TRIPES

Les infirmières conversaient régulièrement à propos des *selles* de ma mère. Elles les scrutaient, les notaient, les commentaient dans leur registre. Je ne connaissais pas l'existence de ce mot avant d'avoir entendu : « Comment sont ses selles, aujourd'hui ? » *Rapport du jour : The daily poop news*.

Je me suis surprise ensuite à m'enquérir moi-même de l'état de la chose auprès de l'équipe soignante, alors que je n'avais pas utilisé le mot *caca* depuis au moins la maternelle.

« Ma mère a l'air fatiguée. Vous êtes sûre que ça va ?

— Elle a bien travaillé ce matin en kiné, elle a besoin de repos.

— Elle couve rien, vous êtes certaine ? Elle a fait un caca normal ? »

Ama aurait adoré participer à ces échanges. C'était l'un de ses sujets préférés. Elle l'abordait sans malaise et, surtout, elle s'intéressait au mien, ce qui avait pour effet de me dégoûter au plus haut point.

Tu as le teint vert. C'était quand la dernière fois ? / Bois plus d'eau chaude le matin. / Cesse de manger ces yaourts à la cantine, ça te fait vomir le ventre.

Avec Grand-Mère, c'était encore pire. Elle ne se retenait de rien. Parfois, j'avais eu honte quand, depuis la salle du restaurant, on l'entendait péter dans la cuisine. Je craignais que des clients pensent ce que j'avais déjà entendu ailleurs : « Ces Chinois, ils n'ont aucune manière. »

Alors qu'on s'attablait pour le repas du *staff*, Grand-Mère a apporté une grande assiette de tripes frites au piment. Les yeux de Nabil ont clignoté d'excitation, contrairement à mes lèvres, qui se sont retroussées sur elles-mêmes au contact du boyau fripé à l'arrière-goût de merde.

« Beurk, c'est infâme !

— On ne dit pas "beurk", on dit "je n'aime pas". Personne t'a appris ça ?

— J'aime pas, je déteste ! Ça te va, comme ça ?

— Tu verras, ça viendra. Comme toutes les bonnes choses de la vie, le café, la cigarette, l'alcool. Ça prend du temps. Les enfants ne peuvent pas comprendre.

— Pfff, n'importe quoi ! »

On sortait à peine de table quand Grand-Mère a lâché un ROT si monumental que même Nabil en a sursauté. Je me suis enhardie à lui poser directement la question. À ce stade, je n'étais plus à ça près.

« Grand-Mère, pourquoi… tu fais ça ?
— Pourquoi je fais quoi ?
— Bah, là, devant tout le monde… C'est pas beau… Les gens gardent ça pour eux ou ils le font discrètement.
— Et pourquoi pas ?
— Bah parce que… ça dérange les autres…
— Quand notre corps veut se libérer, il faut le laisser. On éternue pour faire sortir des toxines, on tousse pour évacuer des microbes, on va aux toilettes pour se soulager de choses devenues inutiles. Ça ne devrait pas déranger les autres. La vraie question, c'est pourquoi s'en cacher ? Pourquoi se brider ? »

La dernière chose que je souhaite, c'est de vivre bridée.

Vu sous cet angle, ça me paraissait complètement logique. Un changement de perspective est parfois plus utile qu'un grand discours. Comme la fois où les inspecteurs sanitaires étaient venus au restaurant : ils avaient fait la même grimace devant la crème de durian que Grand-Mère face à un bloc de roquefort. « Qui peut manger ça ? »

Tout n'était qu'une question de point de vue.

Alors qu'on était en train de débarrasser la table, Nabil aussi s'était enhardi et a laissé libre cours à sa curiosité :

« Je peux te demander un truc ? Tu te vexes pas, d'accord ?

— Vas-y toujours.

— Y'a quoi dans les nems ?

— ...

— C'est vrai que vous mangez du chien ?

— Je n'ai jamais mangé de chien de ma vie.

— Alors, pourquoi on dit que les Chinois mangent des trucs bizarres ?

— On mange pas des trucs bizarres...

— Excuse-moi, ça fait un moment que je travaille ici, je vois bien que vous mangez des trucs bizarres !

— Dis-moi, t'as déjà mangé des escargots, Nabil ?

— Avec le beurre d'ail ? Trop de la balle, sur du bon pain grillé.

— Tu veux qu'on compte les points ? »

NOTES PERSONNELLES

« Vous n'auriez pas un petit poste de radio ?
— Euh... on va essayer de trouver ça.
— Ça lui ferait du bien, à votre mère, d'avoir un peu de musique. Surtout le soir pour s'endormir. »

Oncle Deux m'a remis un lecteur-enregistreur *Philips* qu'il avait récupéré aux encombrants. « Les gens jettent tout de nos jours, même ce qui fonctionne encore ! » En me voyant nettoyer la relique à la lingette, *Ama* a eu l'envie soudaine d'écouter ses vieilles cassettes de Teresa Teng : les ballades amoureuses portées par la voix douce et suave de cette chanteuse taïwanaise avaient bercé sa jeunesse. J'avais mis la main sur l'intégrale de ses albums, rangés dans un carton poussiéreux.

« Tu veux écouter quoi en premier, *Ama* ?
— Oh, comme tu veux... »

Ama articulait de mieux en mieux.

« Sur cette cassette… elle chante en mandarin… Sur celle-ci… en cantonais, et là… en japonais ! Bah dis donc, Teresa, elle est comme toi, *Ama*, elle parle un paquet de langues ! »

Bien plus de langues que je ne pourrais jamais en absorber. Rien qu'avec LV1 et LV2, ma coupe est pleine.

J'ai mis *More Than I Can Say*, la chanson qui déplaçait ma mère sur le *dancefloor* lors des mariages des Cantonais au Royal Chinatown.

Oh oh yeah yeah
I love you more than I can say
I'll love you twice as much tomorrow
Oh oh love you more than I can say

Oh oh yeah yeah
I'll miss you every single day
Why must my life be filled with sorrow
Oh oh love you more than I can say

Pendant qu'*Ama* dodelinait de la tête, toujours du même côté, j'ai remarqué des petits bouts colorés logés au fond de la boîte de Teresa. Des morceaux de papier cartonné avec une écriture d'enfant. Il y avait une carte de vœux « Bonne fête des mamans » noyée de cœurs rouges biscornus et « Joyeux Noël » illustré par des boules de coton hydrophile. Je ne m'en souvenais plus, mais c'était bien moi, l'artiste, j'avais griffonné mon nom sur un recoin.

J'imaginais les yeux de ma mère pétiller en recevant ces trésors de la main de sa petite fille. Ils pétillaient de la même façon en parcourant mes bulletins de notes impeccables. Ils s'emplissaient de lumière à l'idée que sa petite fille comprenne des choses qui la dépassaient. Elle restait silencieuse, mais ses yeux, eux, étaient bavards.

Puis le temps avait filé et ma mère m'avait souvent dit : « En un clin d'œil, tu es devenue grande. » En un seul battement de cils, son enfant n'était plus une petite fille. Son enfant s'impatientait, s'agaçait, répondait.

« Mais *Ama* ! Je te l'ai déjà dit mille fois : on ne prononce pas le x dans "dix francs". C'est "DI FRANCS". Et quand tu comptes, on dit "DISSE", comme dans "sept, huit, neuf, *disse*". C'est quand même pas compliqué. Franchement, ça la fout mal devant les clients ! »

Qu'est-ce que j'ai pu être conne !

Je me suis souvenue des fois où j'avais eu honte de ma mère.

J'avais maintenant tellement honte d'avoir eu honte.

J'ai cherché un mouchoir. Je ne voulais pas que ma mère me voie pleurer.

« Allez, *Ama*, et si on faisait quelques exercices de marche avec ta canne ?

– Si tu veux. »

Je l'ai soulevée un peu pour qu'elle se mette debout. Appuyée sur son tripode, *Ama* avançait péniblement. Un pied devant l'autre. « Allez, *Ama*, tu peux le faire, vas-y ! »

Mais, au bout de quelques allers-retours, elle m'implorait du regard. Je l'ai aidée à se rasseoir sur son fauteuil *Chlorophylle*.

« Et si on écrivait quelques phrases sur ton cahier ?

– Si tu veux. »

J'ai approché la table à roulettes et sorti son carnet d'écriture. Chez *Gibert Jeune*, j'avais choisi un cahier *Clairefontaine*, avec une couverture rigide et de gros interlignes : l'article le plus cher de sa catégorie.

J'avais toujours aimé flâner dans les papeteries, je touchais les carnets, feuilletais les bloc-notes, gribouillais avec les stylos. Je poussais parfois mes promenades jusqu'aux bouquinistes des quais de Seine pour contempler les livres anciens. Le verbe « flâner » est intraduisible en chinois. On ne flâne pas en chinois : on va quelque part pour faire quelque chose d'utile et puis on revient vite.

Ama a soupiré. Le stylo planté dans sa main gauche formait laborieusement des boucles irrégulières et discontinues. Son autre main se tenait, rigide et crispée, repliée sur son bras. Ses doigts crochetés étaient semblables à des serres d'aigle, même si je venais de lui couper les ongles à ras.

« Allez, encore une ligne, *Ama*. C'est important, l'écriture, pour que tu puisses reprendre les commandes de tes clients ! »

Teresa chantait *La lune parle pour mon cœur* 月亮代表我的心 sur le transistor. C'était l'hymne du centre culturel taïwanais. À chaque spectacle de fin d'année, on chantait ce tube à la chorale, pendant que les parents spectateurs tapaient des mains en rythme.

Pour progresser, le travail quotidien est indispensable.

C'était ce qu'*Ama* me répétait pendant que je faisais mes devoirs de chinois. Tandis que je recopiais en bougonnant mes idéogrammes complexes sur mes carnets de lignes aux pages aussi fines que du papier de riz, ma mère jetait un œil par-dessus mon épaule, tendre comme un couteau de cuisine.

C'est faux. Il manque un trait, là. / Non ! Combien de fois dois-je te le répéter ? Toujours de haut en bas et de gauche à droite. Bien sûr que ça se voit ! / Tu le connais ce caractère, tu l'as appris la semaine dernière. Tu as déjà oublié ?

Ama avait cessé d'écrire, son stylo était tombé par terre. Elle a levé les yeux au ciel et a soufflé.

Les rôles se sont inversés.

Reprendrait-elle un jour les commandes du restaurant ?

Redeviendrait-elle la même *Ama* qu'avant ?

Teresa Teng interprétait à présent *Goodbye My Love* dans la baffle.

Goodbye my love wo de ai ren zai jian 我的愛人再見
(Au revoir mon amour, au revoir mon amour)
Goodbye my love xiang jian bu ru na yi tian 相見不知那一天
(Au revoir mon amour, sans savoir quand on se reverra)
Wo ba yi qie gei le ni 我把一切給了你
(Je t'ai tout donné)
Xi wang ni yao zhen xi 希望你要珍惜
(J'espère que tu le chériras)
Bu yao gu fu wo de zhen qing yi 不要辜負我的真情意
(Sois à la hauteur de mon amour)

Ma mère s'est allongée. Je l'ai bordée avec son drap assorti à son fauteuil. Puis, j'ai approché un siège pour m'installer à sa hauteur et sorti de ma poche de jean la photo que m'avait donnée Sovann.

« *Ama*, c'est qui ? »

Ma mère a fixé la photo.

« … Sovann…

— Oui mais c'est qui, Sovann ? C'est qui pour moi ?

— …

— C'est lui, mon père ? »

La tête d'*Ama* s'est enfoncée dans son coussin. Elle regardait fixement le plafond. Je n'ai pas bougé. Alors, ma mère a fait des phrases en cherchant chacun de ses mots et elle bougeait des mains quand sa pensée se perdait.

« Elle avait l'âge de… Ling.

— Qui ça ? Elle, sur la photo ? Channeary ?

— Quand Sovann a vu Ling, il a cru que…

— Il a pris Ling pour sa fille ?

— On lui avait dit qu'elle était morte.

— C'est pour ça qu'il vous a aidés ?

— Il a essayé de la sauver, mais…

— Mais quoi ?

— Il est allé en prison.

— Pourquoi ?

— Pour avoir volé de la nourriture.

— Qu'est-ce qu'ils lui ont fait ?

— Il est revenu vivant.

— Et après ?

— J'étais enceinte.

— Enceinte ?! Mais qu'est-il arrivé au… bébé ?

– Il y a eu une complication... Ils l'ont retiré. »

Ama a touché son ventre, là où se trouvent ses cicatrices.

« Et après ?
– On a fui.
– Où ?
– À la frontière... un camp de réfugiés.
– C'était loin ? Comment vous êtes arrivés ? Vous avez marché ?
– Sovann a porté Grand-Mère sur son dos, elle ne pouvait plus...
– Après, vous êtes venus en France ?
– Tante Brigitte...
– Elle avait fait les papiers pour vous, c'est ça ?
– Oui. »

Ama pleurait. Moi aussi.

« Si Sovann avait su...
– S'il avait su quoi ?
– Pour toi.
– De quoi tu parles, *Ama* ?
– S'il avait su, il serait resté.
– Il savait pas que t'étais... enceinte ?
– Une fois en France, Sovann a appris que son autre famille était en vie. Sa femme, ses enfants...
– Aux États-Unis ?
– Oui... Il est parti... Tu es arrivée. Il ne savait pas... S'il avait su... »

Toutes ces années, j'avais cru qu'il était mort.

D'apprendre en même temps que mon père était en vie et qu'il ne m'avait pas abandonnée.
Ça faisait beaucoup d'un seul coup.
Mais c'était si bon de le savoir.

COCKTAIL GAGNANT

Je venais à peine de relever le rideau de fer de l'*Extrême-Orient* quand Tante Brigitte a surgi telle une rafale, tirant sa valise cabine à roulettes derrière elle.

« Tu vas quelque part ?
– Pas du tout ! C'est pour toi.
– Hein ? Quoi ?! »

Sur une table, Tante Brigitte a déballé le contenu de son vanity : pots de crème, palettes de fards irisés, flacons à paillettes. Il ne manquait plus qu'une rampe d'ampoules et on se serait crues dans la loge d'une diva.

« Allez, viens ici, je vais te faire une beauté.
– C'est quoi ce bordel ? Je travaille, moi !
– Changement de programme ! Ce soir, c'est ta soirée *off* ! Par quoi je commence ? Par… ta ligne de sourcils, tiens ! Nous, les femmes asiatiques, on doit prendre soin de nos sourcils clairsemés. Ferme donc la bouche… Et relax !

— Aïe ! Comment veux-tu que je me détende si tu me tortures là-haut ! »

Quand j'ai rouvert les yeux, mes sourcils avaient étés peints, étoffés et allongés jusqu'au milieu des tempes. J'avais l'air de Miss Fong-d'Ting dans *Les Mystères de Pékin*. Je détestais tous les *jeux de mots* dans ce jeu de société : « Y'a une patronne de restaurant et une coiffeuse, c'est ta famille qui a l'inventé, ce jeu, Chi Chi ! »

« Si on te faisait un *smoky eyes* ? Ça t'irait très bien ! Alors, mes outils... eye-liner, mascara, crayon khôl...

— Pourquoi tu fais ça ? »

Le carillon de la porte d'entrée a sonné. *Mi ré mi ré mi si ré do la*. Kim-Ay, Asoy et Hoa sont entrés, endimanchés des pieds à la tête.

« C'est quoi ce complot ?

— Surprise, surprise !

— Qu'est-ce que vous manigancez, tous ?

— T'as besoin de souffler un peu, copine. Pour une fois, laisse-toi faire !

— Waou, t'es trop belle !

— Est-ce que je fais plus vieille comme ça ? »

Tante Brigitte a pulvérisé de la laque sur mes boucles faites au Babyliss et m'a tendu un sac qui contenait des vêtements de rechange : un débardeur noir à sequins, des collants fins, une mini-jupe en similicuir avec des franges et des zips en métal.

Quand je suis sortie des toilettes dans mon habit de lumière, Kim-Ay et Asoy chantonnaient en chœur la B.O. de *Grease* :

> *I got chills, they're multiplying*
> *And I'm losing control*
> *Cause the power you're supplying*
> *It's electrifying*
> *You're the one that I want*
> *You're the one that I want*
> *Ooh ooh ooh honey*

Je m'attendais à entendre des voix s'élever contre mon accoutrement : « *Ce n'est pas pour les jeunes filles convenables !* » Mais, ce soir-là, il semblait que l'univers conspirait en sens inverse. Grand-Mère, qui n'avait rien loupé de la scène, s'est écriée :

« Allez, maintenant, ouste ! Dépêchez-vous de déguerpir avant que je change d'avis… Ou que ton Oncle Deux te voie habillée comme ça ! Mais avant, buvez tous votre ration de bouillon médicinal. »

J'ai laissé des marques de rouge à lèvres *Red Bomb* sur le bord du bol en porcelaine et j'ai embrassé Tante Brigitte.

« Merci…
— Ne me remercie pas ! Soyez prudents, surtout !

— Oui, c'est promis, Tata ! »

Au moment de monter à l'arrière de la *Honda Civic* de Hoa, j'ai aperçu Nabil qui nous observait depuis le bord du trottoir, juché sur son scooter *Piaggio*. Je me suis approchée de lui, un peu piteuse.

« Je serai pas là ce soir…

— J'suis au courant… La vérité, t'es magnifique !

— Merci…

— Alors, comme ça, tu m'présentes pas à tes amis… T'as honte de moi ou quoi ?

— Non, c'est pas ça… J'savais même pas qu'ils allaient venir…

— Allez, amuse-toi bien. Mais pas trop quand même, hein ? »

Hoa a démarré en crissant des pneus et on s'est envolés sur l'Avenue de Choisy en cadence sur sa *playlist* spéciale samedi soir. À travers les vitres teintées, je voyais défiler les véhicules stationnés en double file comme tous les week-ends.

« Vous m'emmenez où comme ça ?

— On rejoint des potes au bowling.

— Au bowling ?! J'ai jamais fait ça de ma vie !

— Justement !

— Mais quels potes ?

— Tu les connais pas, c'est des copains de Hoa.

— On t'a arrangé un coup ! C'est ta mère qui va être contente !

– Alors là, vous avez pas intérêt !
– Pourquoi, ton cœur n'est plus à prendre ? Il te fait de l'effet, ton livreur ténébreux ?
– Arrête ! Tu dis n'importe quoi ! »

Au bowling, la moquette sentait les pieds, les frites étaient molles et je n'ai pas réussi à toucher une seule quille de toute la soirée. J'ai même eu peur de faire tomber la boule sur mes orteils et de me retrouver aux urgences. Mais j'étais loin du tiroir-caisse, du restaurant, du poste de soins, de mon train-train quotidien. Rien que de passer ces quelques heures à glousser avec Kim-Ay et Asoy m'a fait un bien fou.

« Et maintenant, on va où ?
– On va en boîte !
– Ta première soirée *Asia Follies* ! »

La boule à facettes tournait à fond. Les jeux de lumière nous irradiaient de faisceaux. Nos dents étaient si blanches sous les néons violets qu'on aurait pu figurer dans un spot *Fluocaril*.

Une table nous avait été réservée dans le carré « VIP ». Au centre, il y avait une coupelle de cacahuètes grillées à sec, un seau à glace contenant des bouteilles d'alcool et des *softs*. Asoy a fait la bise à la serveuse et m'a dit dans l'oreille : « T'as vu comme ils nous traitent bien ! Hoa connaît des gens importants. »

À la première chanson de *Destiny's Child*, les jumelles se sont levées pour se déhancher sur le *dancefloor*. Hoa m'a versé à boire et on s'est hurlé mutuellement dans les tympans :

« Ça te plait ?!

– Ouais, c'est sympa !

– Tu veux demander une chanson ?! Le DJ est un pote !

– Euh… Il a du Jacky Cheung ou du Teresa Teng ?!

– Quoi ?! Mais pas du tout ! »

Je me suis demandé pourquoi on appelait ça une « soirée asiatique » alors qu'on y conversait en français, qu'on y dansait sur des tubes internationaux et qu'on y ingérait les mêmes mélanges approximatifs qu'au *Macumba* de Palavas-les-Flots.

Tous les bras dans la fosse s'étaient levés pour faire la chorégraphie de YMCA. « *It's fun to stay with the… YMCA… It's fun to stay with the… YMCA.* »

Kim-Ay et Asoy se trompaient à chaque fois de lettre dans le refrain. Comme moi, quand je m'emmêle les pieds en dansant le madison aux mariages.

Corentin est apparu dans mon champ de vision. Ça faisait longtemps que je ne l'avais pas vu, depuis que je séchais les cours de Wu Lao Shi du centre culturel taïwanais. Il s'est assis, m'a fait la bise et m'a beuglé dans l'autre tympan.

« Mais je rêve ! On te voit pas souvent ici, Chi Chi !

– Ouais, ce soir, c'est mon baptême.
– Au fait, ça y est.
– Ça y est, quoi ?
– Je vais partir un semestre en échange à Pékin l'an prochain.
– …
– Je vais enfin pouvoir réaliser mon rêve.
– C'est quoi, ton rêve ?
– Devenir un œuf parfait.
– Un œuf ?
– Oui, tu connais pas ? Blanc dehors et jaune dedans. »

J'ai éclaté de rire. Corentin a rigolé avec moi.

« Confucius a dit : "Choisis un travail que tu aimes et tu n'auras pas à travailler un seul jour de ta vie."

– Ah bon, il a vraiment dit ça ? Je ne connais que les proverbes qui conseillent aux jeunes d'obéir aux vieux !

– Tu fais quoi après ton bac ?

– Faudrait déjà que je l'aie… Pourquoi pas prendre une année sabbatique pour apprendre à skier, à Grenoble. Sinon j'irai aux États-Unis, j'ai de la famille là-bas.

– Fais gaffe, c'est cher, les States. Ma petite amie, elle est sino-khmère aussi, comme toi. Sa famille est en Californie, ils vont sûrement l'aider. Mais, pour le moment, elle est à la fac de langues, dans un double cursus mandarin et cambodgien.

Je te l'ai déjà présentée ? C'est la fille là-bas, avec les cheveux lisses et le débardeur.

— Elles ont toutes des cheveux lisses et des débardeurs. »

Mandarin et cambodgien ?
C'est pas mal, ce cocktail.
Faut que je me renseigne.

La soirée s'est finie dans un karaoké ouvert 24/24, un repaire nocturne à l'arrière d'un restaurant sans enseigne. On y était entrées par une porte secrète, comme au temps de la prohibition. Pas de menu mais un répertoire musical épais comme le Bottin et des micros sans fil dernier cri. Dans une petite pièce parfaitement insonorisée, j'ai fredonné Jacky et Teresa jusqu'au bout de la nuit.

FAIS DE TON MIEUX

J'avais voulu l'accueillir en grande pompe avec un bouquet de fleurs de lotus, mais le fleuriste de la Place Monge n'en avait pas. Le lotus en France est plutôt associé aux rouleaux de papier toilette triple épaisseur ultra-absorbant. Alors, j'ai pris des boutons de pivoines roses à la place, que j'ai arrangés dans un vase à côté du lit médicalisé qu'on avait loué.

La veille, dans sa chambre d'hôpital, on avait regardé *Nadia Comaneci*. Tous les ans, M6 le diffusait au moment des fêtes (ça et *La Valise en carton* de Linda de Souza) et ma mère me disait, les yeux mouillés par la scène où Nadia monte sur le podium olympique avec la note parfaite jamais atteinte, la foule en délire derrière elle et le tableau d'affichage des scores qui débloque : « Regarde, *neoi neoi* 女女, voilà ce qui arrive quand on travaille dur. »

Cette fois, c'était à mon tour de lui chuchoter : « Toi aussi, *Ama*, si tu travailles dur, tu y arriveras. »

Quand j'avais quitté la chambre, elle m'avait lancé, guillerette :

« À demain ! Ne sois pas en retard ! »

Partir loin de cet endroit qui sent l'*Aniosgel 85 NPC 500 ml*, peuplé de courants d'air et de gens pressés, loin des néons qui clignotent et des machines qui bipent. Rentrer à la maison, même pour une journée. L'excitation était à son comble pour sa première permission.

Mais en revenant, le lendemain, j'avais trouvé *Ama* dans son lit, encore en pyjama, en train de dormir d'un sommeil lourd. Un affreux pressentiment s'était emparé de moi. Mon cœur était tombé dans mes talons. J'avais envie de pleurer. Je me suis ruée sur deux infirmières qui passaient dans le couloir.

« On doit y aller, là, le taxi nous attend…

– Écoutez, je suis désolée, mais… il y a eu une complication…

– NON ! Non ! Non !

– Écoutez-moi…

– C'est pas possible !!

– Calmez-vous… Je vais appeler l'interne… Attendez-moi ici !

– Attendre ? Encore ATTENDRE ? Mais ça fait trop longtemps qu'on attend, vous comprenez pas ?! Depuis des mois, on fait que ça, attendre ! Et ma mère, elle a attendu des années… Des ANNÉES ! »

Faisant volte-face, je suis retournée en courant dans la chambre. En chemin, j'ai buté sur le coin de la table à roulettes, fait basculer des médicaments, le pilon, le mortier, la seringue, tout était fichu par terre. J'ai chopé un sac dans l'armoire et j'y ai mis toutes les affaires de ma mère en vrac, tout ce qui me tombait sous la main.

« *Ama*, réveille-toi, viens, on y va, ON S'EN FOUT D'EUX, on rentre, tu viens avec moi, Oncle Deux est en bas…

– Mademoiselle ! Arrêtez !

– Vous savez RIEN sur ma mère… elle a surmonté des épreuves bien pires que ça ! Des choses que vous n'imaginez même pas ! C'est une SURVIVANTE, *Ama* ! Vous m'entendez ? Vous tous, et les docteurs, vous doutez toujours d'elle, vous parlez avec des "si" et des "au cas où", mais moi je le sais ! Elle peut le faire si elle VEUT ! Laissez-moi passer… »

Des personnes en uniforme m'ont traînée hors de la chambre, en me soulevant par les bras. Je me débattais : « LACHEZ-MOI ! ME TOUCHEZ PAS ! AMA, je vais revenir, je te laisserai pas là… AMA ! »

Un attroupement s'était créé dans la salle d'attente. C'était dimanche, le jour des visites. Les gens me dévisageaient avec leurs gros yeux, j'entendais chuchoter :

« Ils sont discrets d'habitude… »

Je m'imaginais menottée au radiateur, les médecins contraints de m'injecter un puissant sédatif avant de me bannir de l'hôpital. *Ama* devrait être transférée et je n'aurais plus le droit de la voir.

Une voix me disait :

« Ce n'est pas grand-chose, une petite infection, ça devrait aller mieux très vite. Il vaut mieux reporter la permission, il est préférable qu'elle se repose. »

Je me suis retrouvée assise dans une pièce fermée. Pas de radiateur ni de menottes en vue. La femme qui me parlait avait les cheveux argentés. Elle sentait le talc et m'a apporté une boisson chaude de la machine.

Je répétais en boucle :

« Ma mère est forte, vous savez… Elle peut le faire… »

La femme m'a dit avec sa toute petite voix, d'une douceur infinie :

« Votre mère, elle fait de son mieux. »

Elle fait de son mieux.

Il m'avait fallu les mots de cette étrangère pour comprendre.

Toutes ces choses que ma mère avait voulues pour moi, toutes ces paroles qui à l'époque me paraissaient insensées, tous ses renoncements, tout ce qu'elle avait tu, tout ce qu'elle m'avait donné, les cours particuliers de piano, « avocat, docteur ou ingénieur, c'est tout », le soutien en maths, le service sept sur sept au restaurant, les leçons de solfège, regarder en avant, « c'est rien, c'est rien, tout va bien », oublier le passé, « tu comprendras quand tu seras grande », les stages de langues, « nous aussi partir vacances, un jour, quand nous avoir argent », le Lycée International, « c'est pour ton bien », le centre culturel taïwanais et ses lignes d'idéogrammes à recopier, *mou sam gap* 有心急, ne pas presser cœur…

Tout ça, c'était simplement sa manière à elle de me dire : « Fais de ton mieux. »

LA VIE EN ROSE

Les mois étaient vite passés. Il était déjà temps de ressortir les banderoles de calligraphie qu'on accrochait tous les ans à la même date. Pendant que je suspendais lanternes et guirlandes lumineuses, j'entendais au loin le son des tambours et des gongs de cymbales rythmant les danses du lion. Le quartier croulait sous les décorations kitsch.

L'année du Tigre s'annonçait. Illustré dans le nouveau calendrier par un puissant félin bondissant sur une proie, ce signe du zodiaque est réputé « enthousiaste, optimiste, plein d'énergie ». « Le Tigre va toujours de l'avant et ne se laisse jamais abattre. »

Sans aucun doute, je croyais à l'horoscope chinois. Tout me portait à penser que cette nouvelle année serait propice à l'aventure.

À cette période, on voit rouge. Du rouge partout. Le rouge, c'est la couleur du bonheur pour les Chinois. Je regardais d'un œil neuf le branle-bas de combat des préparatifs. Les tons rouges des traditions folkloriques et des rituels de la plus grande fête lunaire s'étaient teintés de douceur. Sur mon nuancier, ça donnait du rose.

Désormais, je voyais la vie en rose.

Grand-Mère, dans son tablier taché, n'avait presque pas dormi de la nuit. Elle ne savait plus où donner de la tête.

« Ça suffira, tu crois ?
— Mais, c'est une blague, Grand-Mère ?! T'en as fait assez pour un régiment !
— Où sont les woks ici ? Je ne trouve rien dans cette cuisine ! »

Les coups sourds et précis de la lame du couteau attaquaient la chair rosée du poulet. *Tchac tchac tchac*.

Le pilon écrasait la pulpe du gingembre dans le mortier. *Bok bok bok*.

Les bouts d'ail doraient à la poêle. *Shhh shhh shhh*.

Les glaçons tombaient dans le bac du distributeur du frigo américain. *Clap clap clap*.

Autour d'une table saupoudrée de farine, des Tatas façonnaient des *gauu zi* 餃子 à la chaîne sans même regarder leurs doigts. Corentin et sa mère Éliane tentaient de les suivre pour plier ces raviolis à la forme de bourse d'argent pendouillant aux ceintures des héros des films de manches et de sabre.

« Fais attention, Maman, t'en as mis trop, il est percé ! ».

Les Tatas avaient gloussé et l'une d'elles a aidé Éliane à rafistoler son ballotin farci. « Avec un kilo de farine, on fait cent dix raviolis. » Les raviolis passeraient ensuite à la casserole, dans une grande poêle, jusqu'à la cuisson parfaite : croustillants dehors et juteux dedans.

Les bruits de la cuisine se mêlaient à ceux des tuiles de *mah-jong* qui s'entrechoquaient, face cachée sur le tapis vert, et aux injures proférées par Tata Meng et les autres mauvais perdants. Dans sa maison de Lognes, Tata Meng avait aménagé une pièce entière en tripot, orientée selon les principes *Feng Shui* pour favoriser la chance aux jeux de hasards.

Quant à Oncle Deux, il assurait le service technique :

« Vous voulez mettre la télé ? J'ai toutes les chaînes chinoises !

– On peut chanter un peu ?

– Pas de problème, je chauffe la machine ! »

Oncle Deux avait l'air d'un crooner aguerri dans son costume des jours de fête. Il portait toujours le même, bien que le tissu fût un peu élimé. C'était Tata Meng qui le lui avait cousu. Avant d'ouvrir sa Rôtisserie, elle avait travaillé longtemps en confection et cousu beaucoup de costumes la nuit à la lumière d'un néon vacillant.

Les yeux d'Oncle Deux souriaient en permanence. Son visage était rubicond après quelques gorgées d'alcool, à cause de l'enzyme que beaucoup d'Asiatiques ne possèdent pas. Il avait l'air encore plus gai de recevoir tout ce beau monde chez lui.

Lorsque Oncle Deux a enclenché son lecteur *laserdisc*, les premières notes du duo *Besoin de rien, envie de toi* ont résonné dans le double salon. Sur l'écran plasma ont défilé des images d'un clip qui n'a rien à voir avec le schmilblick (un bébé ours qui chasse des papillons dans une clairière). Hoa et Nabil ont chanté les paroles pour la voix masculine qui s'affichaient en bleu, Kim-Ay et Asoy celles pour la voix féminine identifiée en rose (ce code couleur universel). Et quand les voix chantent en chœur, ça devient vert (allez comprendre).

Besoin de rien, envie de toi
Comme jamais envie de personne
Tu vois le jour
C'est à l'amour qu'il ressemble
Besoin de rien, envie de toi
Comme le rouge aime l'automne
Tu sais l'amour
C'est à *Phnom Penh* qu'il ressemble

« Une autre ! Une autre ! »

Sur la table basse à côté du canapé en cuir blanc, Tante Brigitte avait posé des coupelles remplies d'amuse-gueules pour l'apéro. L'apéritif était le symbole du « savoir-vivre » à la française, le verbe « flâner » appliqué à l'estomac. Il ne trouve pas, non plus, sa traduction en chinois.

Les plus jeunes s'étaient goinfrés de ses tranches de saucisse à la citronnelle et de petits pois au *wasabi* avant de repartir jouer à cache-cache dans la maison. Un petit pleurait, il avait trébuché sur le tas de godasses des invités qui s'étaient déchaussés dans l'entrée.

Ama, installée dans un fauteuil, discutait de choses et d'autres avec des Tatas.

« Quelle ambiance, ça change de l'*Extrême-Orient.*

— Avant, le restaurant était ouvert en continu. Maintenant c'est différent.

— À ce sujet, comment se passe la vente ? Tu as trouvé un acheteur ?

— C'est ma fille qui s'en occupe, avec le comptable. Moi, c'est fini tout ça !

— Tu as bien raison ! Tu l'as mérité, il est temps de profiter ! »

Jérôme et Busaba racontaient à qui le voulait tous les détails de leur mariage.

« Je l'ai emmenée dans la boutique et je lui ai dit d'acheter ce qu'elle voulait ! *Yes, Cécile ? You buy everything at Tati ?*

— *Yes, my love, very beautiful !*

— Pour le traiteur, on a choisi un gars du Sud-Ouest. C'est chic, le foie gras. *Yes, Cécile ? You like duck ? Donald Duck ?*

— *Yes, very good, yummy.*

— Et pour la lune de miel, on hésite. Cécile veut retourner en Thaïlande, mais moi, j'connais bien déjà. Et puis, après tout, quelle différence ? On va pas sortir de la chambre, hein, mon amour ? *Love, love, love ! Yes, Cécile ? Room service ?* »

Il n'y a rien de plus joyeux que l'annonce d'un bon repas. Quand sonne l'heure de passer à table, les estomacs s'agitent. Puis, les baguettes fusent de toutes parts, les bruits de bouche s'accordent et les petits monticules de déchets se forment peu à peu.

« Venez vite ! Dépêchez-vous, ça va refroidir ! »

Tata Meng m'a fait les gros yeux : « Attends que les aînés soient servis avant de te ruer sur la nourriture ! » Tante Brigitte m'a soufflé : « Pense à manger des pattes de poulet ! Le cartilage, c'est des fibres de collagène, très nourrissant pour la peau ! »

Dans les bocaux de la cuisine, il y avait d'autres ingrédients tout aussi fantastiques, comme des concombres de mer, des *champignons chenille* ou des nids d'hirondelles.

Grand-Mère a déposé au centre un grand plat à grillades, l'une des recettes préférées d'Oncle Deux.

« Et voilà ! Ton porc au pastis est prêt !
– Ça sent trop bon !
– Que de souvenirs…
– Ça te rappelle quoi comme souvenirs, Oncle Deux ?
– Quand on est arrivés en France, au début, il n'y avait pas d'épices de chez nous, il n'existait pas encore tous ces supermarchés qui vendent des produits importés. Il fallait faire avec ce qu'on avait sous la main ! Alors, on a trouvé le pastis, le truc le plus français à nos yeux. Mais cuit avec la viande, ça donnait ce goût anisé qui me rapprochait un peu du Cambodge. »

Les Tatas et les Tontons ont tous fait oui de la tête.

L'un des invité, que je ne connaissais pas, a pris la parole :

« Eh bien, moi, je me souviens du temps où on dormait à la belle étoile, où on avait presque perdu tout espoir… À l'époque, si on m'avait dit qu'un jour vous seriez les heureux propriétaires d'une belle maison comme ça, ici en France, alors ça ! Je ne l'aurais pas cru. »

Tout le monde a ri.

Je savais que ça voulait dire « Félicitations ».

Oncle Deux et Tata Meng se sont regardés, à la dérobée, comme un jeune couple intimidé au premier repas de famille.

Après ça, on s'est enfin jetés sur la bouffe.

« À l'abordage !

– Pas de pitié pour les p'tits plats de Grand-Mère ! »

Je regardais leur visage pendant qu'ils mangeaient.

De leur sourire béat, de leurs regards complices, de leurs simples « passe-moi la sauce soja », je ne voulais perdre aucune miette.

Entre le porc au pastis d'Oncle Deux et les haricots verts sauce *Sriracha* de ma mère, en passant par les beignets à la banane arrosés de sirop de fraise artificiel et toutes les variantes possibles et imaginables, je n'avais que l'embarras du choix.

Là, sous mes yeux, j'étais saisie pour la première fois par l'éventail de goûts, de personnalités et de parcours de vie qui m'entourait depuis toujours.

Face à ce buffet à volonté, je n'avais plus qu'à façonner ma recette personnelle.

ÉVASION TOTALE

« *Dernier appel pour le vol CX278 à destination de Phuket. Sont priés de se présenter en urgence au comptoir d'embarquement, porte 48, les passagers… (Oh là là, c'est compliqué.)… Chan Sun Yi, Chan Quyen, Chan Mei Faa, Chan Sun Ho, Chan Si Meng, Chan Chi Chi… (J'espère que j'ai pas trop écorché leurs noms, ils vont se reconnaître tout de même ? On n'a pas idée de s'appeler comme ça.)… et Nabil Belarbi… (Qu'est-ce qu'il fout avec eux, celui-là ?)* »

« C'est pour nous ! Dépêche ! L'avion va partir !

— Où sont les autres ? »

On cavalait à en perdre la tête dans les longs couloirs du terminal, comme dans la scène de *Maman, j'ai raté l'avion 2*.

« C'est ta faute, Nabil, ils t'ont pris pour un terroriste !

— Comment ça, ma faute, j'ai juste voulu faire une blague au gars de la sécurité…

– Avec ta tête, tu fais AUCUNE blague dans les aéroports, Nabil !

– Mais y'a pas que moi ! Tante Brigitte aussi, elle nous a retardés avec tous ses produits cosmétiques dans son bagage à main !

– Je ne me sépare jamais de ma routine beauté en dix étapes. »

Alors qu'on allait aussi vite que nos jambes nous le permettaient sur le tapis roulant, Oncle Deux nous a dépassés par la droite, au volant d'une de ces voitures de golf. Tata Meng, Grand-Mère et *Ama* étaient assises confortablement à l'arrière, nous saluant de la main, telles des reines d'Angleterre.

« C'est pas juste ! Eux profitent de la situation d'*Ama*...

– S'il y a un avantage à être en fauteuil roulant, alors faut pas se priver ! »

Oncle Deux zigzaguait un peu sur la piste pour faire rigoler ses passagères.

« Hé, oh ! Fais gaffe, Oncle Deux, tu vas en perdre une au virage !

– Toute l'année, il conduit comme une tortue, mais là, il se croit au karting ! »

Une fois dans l'avion, Nabil et moi avons fait un « pierre, feuille, ciseaux » pour décider qui aurait le siège côté fenêtre. J'ai gagné.

On occupait toute la rangée numéro cinquante-huit, de hublot à hublot. Oncle Deux appuyait méthodiquement sur les boutons de la télécommande. « Ils n'ont pas de chaînes chinoises à bord ? »

On se parlait d'une aile d'avion à l'autre en criant avec les mains autour de la bouche.

« T'as pris le menu pâtes ou poulet ?!
— Poisson, et toi ?!
— Est-ce qu'ils ont de la sauce *Sriracha* pour *Ama* ?
— Moi aussi, j'en veux ! C'est dégueu, le pain est encore congelé au milieu. »

J'avais grillé Grand-Mère en train d'amasser la nourriture qu'on n'avait pas touchée : le faux sucre du café, les briques de jus de fruits, les portions individuelles de beurre et de camembert *Président*.

« Arrête, Grand-Mère ! Oh non, t'as aussi caché tous les couverts ? Ils vont le voir ! Ils vont nous virer de l'appareil !
— Pas du tout ! Passe-moi les tiens et ceux de ton voisin. En un seul vol, on va avoir un service complet. »

Les gens du rang de devant se retournaient en nous lançant des regards meurtriers. On les empêchait de lire leur guide touristique *Bon plans à Phuket* en paix.

Oncle Deux avait essayé de s'expliquer.

« Excusez-les, c'est la première fois en plus de trente ans qu'on part en vacances ! »

J'avais du mal à le croire, je me pinçais le bras pour être bien certaine que je n'étais pas en train de rêver. J'ai aussi pincé le bras droit d'*Ama*, mais elle ne l'a pas senti.

« J'espère que le buffet de l'hôtel sera bon.

— Je suis sûre que Grand-Mère voudra passer en cuisine pour les aider.

— Pas moi ! Je vous préviens, je sers personne. Au programme : transat et farniente sur la plage ! »

Je fixais le visage d'*Ama*, guettant la moindre de ses émotions.

« Ça va, *Ama* ? T'es bien assise ?

— Oui.

— T'es contente ?

— Oui.

— On est tous là ensemble.

— C'est bien, merci *neoi neoi* 女女.

— Non, merci à toi, *Ama*. À partir de maintenant, on va *mou sam gap* 冇心急, on arrête de presser cœur. »

Zung 終**/ FIN**

Merci à Faïza Guène sans qui ce roman serait resté à l'état de songe. J'avais lu tous tes livres avant de te rencontrer. J'avais longtemps hésité avant d'oser te montrer mes premières pages. Maintenant, je me demande bien pourquoi mais si c'était à refaire, je ne changerais rien. Ton amitié a bouleversé ma vie, ton regard et tes conseils m'ont portée. À nos cafés allongés, et aux coupures de gaz et d'électricité qui n'ont rien empêché.

Merci à l'homme de ma vie qui a cru en moi avant moi-même et à mes enfants qui ont regardé leur maman aller au bout de son rêve de petite fille.

Merci aux lectrices et lecteurs de mon blog, aux bananes, aux œufs durs et à toutes les tambouilles entre les deux.

« Pour l'éditeur, le principe est d'utiliser des papiers composés de fibres naturelles, renouvelables, recyclables et fabriquées à partir de bois issus de forêts qui adoptent un système d'aménagement durable. En outre, l'éditeur attend de ses fournisseurs de papier qu'ils s'inscrivent dans une démarche de certification environnementale reconnue. »

Édité par la Librairie Générale Française - LPJ
(58 rue Jean Bleuzen, 92 170 Vanves)

Composition Nord Compo

Achevé d'imprimer en décembre 2022, en France par
La Nouvelle Imprimerie Laballery
58500 Clamecy (Nièvre)
N° d'impression : 211469
Dépôt légal 1re publication : octobre 2019
Édition 03 - janvier 2023

73.7263.1 / 03 - ISBN : 978-2-01-786842-2

Loi n° 49-956 du 16 juillet 1949 sur les publications destinées à la jeunesse

Dernier dépôt légal : janvier 2023